NK INK INK INK INK INK INK I
INK INK INK INK INK INK INK
NK INK INK INK INK INK INK I
INK INK INK INK INK INK INK
NK INK INK INK INK INK INK I
INK INK INK INK INK INK INK
NK INK INK INK INK INK INK I
INK INK INK INK INK INK INK
NK INK INK INK INK INK INK I
INK INK INK INK INK INK INK
NK INK INK INK INK INK INK I
INK INK INK INK INK INK INK
NK INK INK INK INK INK INK I
INK INK INK INK INK INK INK
NK INK INK INK INK INK INK I
INK INK INK INK INK INK INK
NK INK INK INK INK INK INK I
INK INK INK INK INK INK INK
NK INK INK INK INK INK INK I
INK INK INK INK INK INK INK
NK INK INK INK INK INK INK I
INK INK INK INK INK INK INK
NK INK INK INK INK INK INK I
INK INK INK INK INK INK INK
NK INK INK INK INK INK INK I
INK INK INK INK INK INK INK
NK INK INK INK INK INK INK I

NK INK INK INK INK INK INK I
K INK INK INK INK INK INK INK
NK INK INK INK INK INK INK I
K INK INK INK INK INK INK INK
NK INK INK INK INK INK INK I
K INK INK INK INK INK INK INK
NK INK INK INK INK INK INK I
K INK INK INK INK INK INK INK
NK INK INK INK INK INK INK I
K INK INK INK INK INK INK INK
NK INK INK INK INK INK INK I
K INK INK INK INK INK INK INK
NK INK INK INK INK INK INK I
K INK INK INK INK INK INK INK
NK INK INK INK INK INK INK I
K INK INK INK INK INK INK INK
NK INK INK INK INK INK INK I
K INK INK INK INK INK INK INK
NK INK INK INK INK INK INK I
K INK INK INK INK INK INK INK
NK INK INK INK INK INK INK I
K INK INK INK INK INK INK INK
NK INK INK INK INK INK INK I
K INK INK INK INK INK INK INK
NK INK INK INK INK INK INK I
K INK INK INK INK INK INK INK
NK INK INK INK INK INK INK I

INK INK INK INK INK INK
INK INK INK INK INK INK INK
INK INK INK INK INK INK
INK INK INK INK INK INK INK
INK INK INK INK INK INK
INK INK INK INK INK INK INK
INK INK INK INK INK INK
INK INK INK INK INK INK INK
INK INK INK INK INK INK
INK INK INK INK INK INK INK
INK INK INK INK INK INK
INK INK INK INK INK INK INK
INK INK INK INK INK INK
INK INK INK INK INK INK INK
INK INK INK INK INK INK
INK INK INK INK INK INK INK
INK INK INK INK INK INK
INK INK INK INK INK INK INK
INK INK INK INK INK INK
INK INK INK INK INK INK INK
INK INK INK INK INK INK
INK INK INK INK INK INK INK
INK INK INK INK INK INK
INK INK INK INK INK INK INK
INK INK INK INK INK INK
INK INK INK INK INK INK INK

INK

文學叢書

037

# 究極無賴

成英姝◎著

# 目次

# 蝴蝶尖叫，割下耳朵

我們現在講的這個八月，地面已經變成燃燒的鍋爐，你不會懷疑那可能把汽車的底盤燒成烙鐵，把車輪融化成泥漿黏滯在地上。行人在街上步行超過五分鐘，血管裡沉澱的血液便要沸騰滾燙；吸入鼻腔的不是一種氣體，而是一種溫度。

# 1

不知道從什麼時候起，每一年的夏天都要比前一年炎熱。

不但更炎熱，而且更焦躁、瘋狂，詭異多變。

所以我們現在講的這個八月，地面已經變成燃燒的鍋爐，你不會懷疑那可能把汽車的底盤燒成烙鐵，把車輪融化成泥漿黏滯在地上。行人在街上步行超過五分鐘，血管裡沉澱的血液便要沸騰滾燙；吸入鼻腔的不是一種氣體，而是一種溫度，如果不趕快躲到屋簷底下，恐怕要傷害了鼻子裡那些寶貴的黏膜。

那傢伙正在路上匆忙跑著，就快了，快跑進辦公室裡，那兒有冷氣。他眞不敢相信他們竟敢把停車場和辦公室之間弄得那麼遠，足足有五十公尺。看吧！這就是選擇在學校裡任教的下場，他如果聰明一點，應該弄個更好的差事。更簡單，更輕鬆，更舒服，連一顆馬鈴薯也能勝任。他想不出來那是什麼，如果他想出來就好辦了。一顆馬鈴薯應該在哪裡？在馬鈴薯田，或者和爛肉一起燉。

他終於跑進走廊了，那兒好了一點，至少曬不著太陽，但是還是悶得要死。現在就只剩最後幾公尺的努力，馬上就可以鑽進辦公室，他那個舒適的巢穴。

他打開門，按下電燈開關，裡頭沒有豁然大放光明，也許是電燈壞了。他再去開冷氣，好了，停電，這就是目前在發生的事，狗屎。

他坐下來，鬆開領帶。他對眼前的生活可以說是沒有什麼太大的不滿，唯一的缺點是，夏天太熱了，如果沒有冷氣的話。炎熱使他想起母親殺豬的場面，把沸水倒在豬身上的場面。

桌上擺著好幾封信，很多是邀請函，某些會議、餐會，還有演講。

他教的是礦冶，這種東西爲什麼會讓那麼多人找他去演講？礦冶是一種很重要的學問沒錯，生活中不能沒有礦物，問題是，那麼多人聽了有關礦冶學的演講以後，究竟能得到什麼好處？

上課的時候學生們老是在睡覺（感謝天，在這個時代，還有年輕人在學校裡上課。知識！最動亂的時代，人們也不可以忘了求取知識。知識是力量），只有少數人坐在第一排，精神奕奕，下課了還問東問西，那個時候，連他自己也想睡覺了。所以曾經發生過的幾次硬著頭皮的演講結果讓他深感迷惑，百思不得其解（不，最令人驚訝的是，有關礦業的演講居然還能存在，而且，不只發生一次）。

「您的演講眞是太精湛了！」

好多人圍著他。

「講得眞好，我很贊同您的那些創見和道理。」

他思索著究竟哪些部分是他的創見。

「特別是有關雲母石的那部分。」

雲母石？他忘了自己講了些什麼，也許自己講得眞的有那麼好，他一定要再仔細玩味一下。他去找主辦單位要他演講的錄音帶，但是負責錄音的總是沒頭沒腦的年輕人，不是錄音機壞了，就是卡帶莫名其妙地弄丟了。

他也沒生氣，他這個人沒什麼脾氣。何況，他總是講那一個題目：拯救台灣礦業。大理石。白雲石。瓷土。雲母。對啦！雲母，在這個時候提到的，在東部。但是跟他提到石灰石和滑石的時候有什麼差別呢？油氣田和天然氣是不是應該有意思一點？還有水土保持。示範礦場。新式乳膠炸藥。這些個討厭的東西。他嘆了口氣，他差不多已經很滿足了，很滿足，不用打掃養豬場，不用負責餵牠們食物，也不需要應付傳染病。

那個夏天也是酷暑。他負責趕豬，母親守在那裡把沸水迎頭澆在豬身上。他踩在屎尿穢物滿地的養豬場裡，追逐著那些豬，看著母親端著那個滾水桶子，聽到滿屋子震耳欲聾的豬的尖銳嚎叫的時候，一股莫名其妙的感觸從他的心裡升起。（這其中有著什麼偉大的具有震撼性的東西。）

沉浸在臭味當中過久，他已經對那味道麻木了，但是臭味和熱氣混合在一起堵住了他的鼻孔，讓他呼吸困難，他撲倒在地上，把臉埋在豬糞裡，失去了知覺。

醒來以後，已經是黃昏了，母親沒有扶他起來，她忙著殺豬，她已經給牠們全消毒了，但是她還是得殺牠們。那些被滾水燙過的豬躺在地上呶呶叫著，他趴在血堆裡。

「沒人知道牠們得了傳染病，牠們是好豬。」母親說。

他感動地流下淚，但是他對那感動無以名之。方才已經遲鈍的嗅覺經過昏迷又清醒，臭味重新回到他的鼻子裡，他在遍地死豬當中排山倒海地嘔吐起來。

夏天裡他常常得把這些討厭的記憶推開，幹什麼想這些讓人不舒服的事情？一個大人物的女婿，一位有身分的教授，卻在想豬和豬糞的事情。他什麼事都不要想，這輩子他再也懶得爲任何事情忙碌。礦冶學可能眞的會變得很重要，在其他所有的學問——數學，化學，熱力學，生物學，電磁學，天文學，人類學，或者，建築，印刷，財經，計算機，醫藥，農業，機械——統統沒落以後，礦冶學還是會屹立不搖……他的頭發暈了，他記得自己想怎麼過日子：愉快，輕鬆，不要有壓力，舒服，自在，誰都別來找麻煩，最好終日什麼都別做，不要花腦筋，別受苦。

他終於注意到那個包裹了，一個小型的包裹。一個盒子。

那上面沒有地址，也沒有貼郵票，這是使他沒有立即打開的原因。他遲疑了一下，連動都沒動。

他把一個女研究生叫進來。

「那個東西，」他指著。「你拿起來。」

女學生不疑有他，把包裹拿了起來。那一瞬間，他下意識地把一隻手舉起來，用手臂遮著臉。

現在包裹好端端地在學生的手上，靜悄悄，一點動靜也沒有。他把臉從手臂底下露出來。「也許你不介意，把它搖一搖。」

他注意聽那搖晃的聲音。聽起來裡頭有一個較小的東西，隨著震動撞擊著盒子。

他微微鬆了一口氣。「你猜那是什麼？」

學生搖搖頭。

「它的重量怎麼樣？」

「很輕，非常輕。」

「是堅硬的東西嗎？」

「似乎不怎麼堅硬。」

他側著頭沉思了很久，決定讓她把外頭包著的紙拆開。

拆開以後，裡頭是一個紙盒，盒蓋用膠帶黏貼封著。他示意學生把蓋子打開。女學生小心地把膠帶撕了下來。

「等一下。」他說，然後跳到門口。隨即他就對自己這種可恥的行爲感到有點慚愧，假裝若無其事地走回來。

「沒什麼，」他在靠門比較近的沙發坐下。「我剛才覺得肚子有點不舒服。」

室內的溫度好像不停地在上升一樣。也許室溫沒有上升，但是體溫上升了，升到三十八度、三十九度……燃燒起來，汗水滴到眼睛裡，眼前一片霧蒙蒙。那盒蓋蓋得有些緊，女學生感染了他那種歇斯底里的緊張，兩個人的頭髮都因爲汗水而變得濕漉漉。

他看著她那動作，緩緩地拿起盒蓋，心臟差點沒停止。對，停止！他有著大喊的衝動。停止，乾脆把它整個兒扔進垃圾桶，想都不要想，這是最好的辦法。

他把黏著胸口的襯衫拉起來，讓濕透的襯衫離開皮膚，讓空氣接觸毛孔，讓汗水容易蒸發，讓黏膩的感覺趕快走開。

在盒蓋離了盒子，還沒有露出內容物的瞬間，他終於喊了「停止」。

兒。

「好了，你可以走了。」他差不多可以確定，這不是一個盒蓋一拉開就會爆炸的玩意

女學生離開以後，他小心地關上門。他打開那個盒子的時候手不停地顫抖，抖得他想用另一隻手來打這隻手。但是另一隻手也在抖。何必呢？小題大作，你是個膽小鬼，窩囊廢。這種激將法對自己沒用，他差點因爲屏住呼吸而昏了過去。

盒子打開了，沒事。裡頭躺著一個塑膠袋包裝的物件，小小的，磚褐色，一點也不像炸彈。他把它從塑膠袋裡拿出來，看不出來那是什麼，它不太硬，也不太軟。

當你看出來它是什麼東西以後，你就很難再把它看回到原來什麼也不是的狀態。那是一隻耳朵，人的耳朵，上面的血跡已經乾涸。

這裡的空氣嚴重不足，悶得人心臟跑離了應該有的位置，比如說，跑到喉嚨口。他鬼喊鬼叫了一陣，終於昏了過去。

## 2

教室裡有六個女孩，她們都還十分年輕，只有十三歲，有一、兩個已經顯露出成熟女

孩的身材，緊身衣和淺色褲襪凸顯出飽滿的曲線，但是看她們的臉，卻跟小孩兒沒兩樣。她們把頭髮在腦後梳成髻，模樣十分高雅。

前面有一架平台式鋼琴，一個年輕的女老師坐在鋼琴前面，穿著吊帶長裙，可以看得出她是一位淑女。另一個女老師穿著寬大的T恤和緊身褲，正在指導女孩兒們做些熱身的動作。

「吸氣，往後仰，手拉長……Hold！」那女老師喊。「一、二、三——」

有人靜悄悄地打開門進來。

兩個男人。皮膚黝黑，穿著背心，手臂上刺著一隻狗臉人身圖樣的男人，和蒼白頎長，穿著連帽夾克，眼珠的顏色很淡的瘦男人。瘦男人把前門帶上，他的手裡握著一柄手槍。

「喂！幹嘛停下來？繼續啊！音樂。」穿背心的那個男人說，他咧開嘴望了同伴一眼。

女孩們不動。彈鋼琴的年輕女老師張大了嘴。

「這樣也好，誰都不要說話。」穿背心的男人說。「要安靜。」他伸出食指，做出噓聲的動作。「現在，全部都給我蹲下，兩隻手抱著頭。」

「同學們，照他的話做。」站著的女老師說，她望了拿著槍的瘦男人一眼。

「請不要傷害孩子們。」她說。她舉起手，眼睛望著兩個男人，走到女孩們的旁邊，像一隻螃蟹在移動，帶頭蹲了下來。

「你們在跳什麼？天鵝湖嗎？你們會在頭上帶一些鵝毛嗎？或是用一些鴨子的毛代替？」穿背心的男人揮舞著手，「你們缺一個男角嗎？這齣戲的男角是什麼？」他原地砰跳。「一定是一個王子。你們以為我沒看過芭蕾舞嗎？」他大聲說。「我也看過！」

他走向一個瘦小的女孩，把她從地上拉起來。「像這樣，王子的做法是，把她舉起來。」

他把那女孩舉到肩膀上。

蹲在女孩們旁邊的女老師站起來，往後門跑去。瘦男人衝過去，把她抓回來，用槍柄打她的臉，直到她的臉被打爛，血流到色澤溫暖的柚木地板上。

一個女孩放聲哭起來。

「我說了，不准發出聲音。」穿背心的男人瞪著女孩說。他用一隻手捏住那女孩的臉頰，女孩的臉幾乎被他捏扁，嘴巴噘成一種滑稽的形狀。

蹲在地上的一個女孩搖著頭後退，一屁股坐在地上。

現在他們看仔細了，這個女孩就是他們要找的，他們已經在校門口觀察了好幾天，看那輛轎車每天來接她，熟記了她的長相。

穿背心的男人走上前去，卻被瘦男人拉住。

他突然注意到另外一個女孩子，她令他感到十分面熟。這種感覺很奇怪，他想不起來她是誰。他仔細地看她，好像看得足夠久她的臉上就會寫出字來一樣。

某一瞬間，他的腦子會閃過一絲光亮，好像想起來什麼似的，但是那光亮片刻又熄滅了，然後他又瞇起眼睛，盯著她的臉，再閉上眼。

這個時候他們聽到一個聲響，彈鋼琴的女老師從前門跑了出去。瘦男人追出去，他向她開了一槍，那聲音是那麼響亮，在整條安靜的走廊上泛起回音。她倒下去，他走近，抓起她的一隻腳，把她拖回來。染著血的長裙在地上拖出一道紅色的痕跡。

女孩子們像放在用電燈泡烘著的紙箱裡的小雞一樣擠成一團，他好喜歡那樣的感覺，把那些柔軟的身體，一隻一隻從紙箱裡取出來一樣，一個一個對著臉開槍。

只留下他們要的那一個，他用膠帶貼住她的眼睛和嘴巴，把她帶走。

警衛衝進舞蹈教室的時候，被地上躺著的浸泡在血泊裡的女孩屍體給嚇壞了。他們在現場搜索著任何凶手留下的蛛絲馬跡，在他們打開衣櫥的時候，裡頭滾下來一個女孩，一個躲在衣櫃裡嚇昏了的女孩。當時她可能在換衣服，她赤裸著發育未完全的上身，底下僅穿著一件內褲。她滾出來，一路滾到那片血海中。

## 3

矮個子的男人從警察局回來以後，一句話都沒說，臉上的表情很詭異。一家人坐在餐桌旁吃飯，誰也沒開口，只有他爸爸，那個八十幾歲的老人，用筷子敲著碗。

叮叮叮叮，叮叮叮叮。老人的牙齒全掉光了，剛才已經吃過稀飯，但是他們全家吃飯的時候，他總是喜歡跟著坐在旁邊，照他的妻子所說的，干擾其他人的食慾。

叮叮叮叮，叮叮叮叮，聽得人煩躁不安，他老婆憋得很難受，終於開口：「他們說了賞金的事沒有？」

矮個子放下筷子，他連一點食慾也沒有，他想歸咎到天氣熱，熱得令人無法忍受，幾乎每隔一天，就會停電幾個小時。他隨身帶一條毛巾，用它來擦臉。

「我問了。」他說。

「然後呢？」妻子很著急地問。

他又重新拿起筷子，否則他感到無比尷尬，不知道坐在餐桌邊兩隻手該放哪，就像他一整個上午在警察局裡的時候一樣。

「他們不能確定那是不是那個女孩。」他說，他的聲音像蚊子叫。叮叮叮叮，叮叮叮叮，他聽得神經緊張，火冒三丈，幾乎有一股衝動想把老人推下桌子。

「你告訴他們那女孩子沒有耳朵？」

「她的耳朵只是被遮起來，」他大吼。「不是沒有耳朵！」

「那有什麼不一樣？」

「你去問他們。」

他重新回想一遍，他看見兩個男人帶著一個女孩，其中一個握著女孩的手臂，那女孩搖搖晃晃地簡直像一株草。她穿著連帽夾克，帽子的半邊好像有類似血跡的東西……他不確定那是不是血，也許是黑胡椒醬。

「你有說那帽子上面都是血？」

「我說啦！」他摔掉筷子。「我什麼都說了。」

「他們不認帳。」妻子咬著嘴唇說。

「他們認爲我不能確認那是她。」

「他們問了你？……你告訴他們你不能確認？」

他不說話。他自己也一度以爲，自己過分神經質，他想那筆錢想瘋了。也許那是一個嗑藥的女孩，還有她的皮條客。也許她想逃跑，他們把她痛揍一頓。也許整個晚上三個人都在胡搞一氣。天啊！那棟荒廢的房子眞是一個胡攪瞎搞的好地點。兩個男人，和一個女孩。

「你爲什麼不說你確定她是？」

「我確定！我拿什麼確定？」他氣急敗壞地吼著。「我這輩子都沒見過那個大小姐一次，我怎麼知道她長什麼樣子！」

「好極了，他們想賴掉。」

老人停止敲碗，那張沒牙的嘴張得大大的。

「什麼意思？」她的大女兒終於開口。「我們拿不到那一千萬了？」

「一千萬？他們連一個屁都不會給你。」妻子說。

他用力拍了一下桌子。「閉嘴！」

「我說錯了什麼？」

「我原來以爲我們走運了。」大女兒說。「我早該知道，我們家沒這個運氣。」

「現在開始，停止談論這件事。」他懊惱地說。他想到幾十年來他兢兢業業地過日子，他兼三份工作，日以繼夜，最重要的，他沒有少納一毛錢稅。

一毛也沒有！他用血汗賺來的那些錢，有好大一部分都乖乖地交給政府，那些錢都是他折磨自己、剝削自己、苛刻自己辛勤工作換來的，他的腦子愚蠢得從來沒辦法去想那些貪官和民意代表怎麼瓜分他那些錢，雖然他繳的那些錢在被他們弄去的部分裡連一個小數點都不值，而現在他只是想從政府那裡拿一些錢回來，他自己的那些錢，冒著生命危險。

「我們為那筆錢做了好多計畫。」妻子說。

大女兒點頭。

「房子也可以重新粉刷，」妻子說。「漏水的那些地方油漆都腐爛得慘不忍睹。」

「我說的是高級餐廳，美容院和健身房，」大女兒不以為然地反駁。「那些有錢的小姐們去的，我真願意去看看。啊！我得先弄掉臉上的青春痘……那需要多少錢？也許光是那樣就用掉所有的獎金了，天啊！你不能想像怎麼會那麼貴！」

他真懊惱，他真氣結，難道他就沒替那筆錢做過打算？他都想好了，有了那筆錢，就可以把爸爸送走，天哪！難道他不是在替她們打算？

妻子忽然轉過臉。「他們有沒有說會保護我們？」

「保護你？你是什麼東西！」矮個子沒好氣地說。

妻子露出驚恐的表情。「你不該去報案的。」

「對啊！」小兒子說，他今年不過才十歲。「我們什麼好處也沒撈到。」

「現在怎麼辦？」

他不答話。

「你說啊！是你要去報案的。」

「他以爲會有獎金。」大女兒說。「他們又不是傻瓜。」

「全都怪我！」他的臉扭曲起來。「你們全都怪在我身上。」

他站起來，打翻了桌上的東西，打開門跑了出去。

剩下的人仍然坐著不動。「你不該那樣跟你爸爸講話。」做母親的頹喪地說。

「我說錯了什麼？」大女兒站起來，她的手中還拿著碗，她用力地摔到地上。「那個女孩子去死好了！」

大女兒怒氣沖沖地跑回房間，幾分鐘之後，房間裡傳來很大聲的搖滾音樂。如果她再遲半分鐘打開那手提音響，也許有機會聽到樓梯間裡傳來的，她爸爸的尖叫，一種慘痛淒厲的叫聲，而且持續很久。但是現在整間屋子裡，她的臥房、客廳、每一個房間，都彌漫了很重的鼓聲，外國男人的鬼吼鬼叫，好像天要塌下來了一樣。聽到這種音樂你會發狂，從椅子上跳起來，跳到桌上，甩你那顆笨重的頭。

一會兒她又跑出房間，用很用力的踱步來表達她的憤怒，然後，又再走回去，像一隻狂亂的猩猩。然而在她走到房門口之前，她停住了腳步。因爲門外傳來震耳欲聾的兩聲槍聲，那一定是槍聲，不會是別的。那跟半夜裡有時候聽到的，巷子裡那種鞭炮一樣的聲音不同，那種讓人會互相轉過臉問「剛才那是什麼聲音？」的情形不同，那是近距離的貨眞價實的爆炸，足夠嚇死心臟病人，讓令人噴血的搖滾樂都相形見絀。

他們全靜止不動。

門開了，一個荷槍的人衝進來。那是什麼鬼玩意兒？衝鋒槍？乖乖，眞像是拍電影，很有臨場感的電影。

「我不厭其煩地再來問你們，那三個人往哪兒去了？」那人大喊，因爲音樂是如此大聲。

妻子張大了嘴。搖滾樂，槍聲，暴徒，沒頭沒腦的發問，她覺得頭快要裂開，像火山爆發那樣。

「你說誰？」大女兒問。

「你們看見的那三個人。」那人喊，但是他沒耐性聽到答案了，搖滾樂令人瘋狂。你懂嗎？搖滾樂令人瘋狂。超重低音，吶喊，無法喘息的節奏。他向妻子和大女兒開了槍。妻子的頭部中彈，向後仰著倒了下去。

大女兒像陀螺一樣轉了好幾圈。

然後他轉向餐桌邊那兩個小的，十歲的兒子和六歲的女兒，還有那個老人。

「這是給你們一個警惕。」那人說。

他向孩子們和老人開槍。

這是什麼樣的警惕呢？一個人如果死了的話，哪有機會學乖？

## 4

女孩的耳朵潰爛得很厲害，因爲疼痛和高燒，加上酷暑炎熱，她幾乎整天處於半昏迷的狀態。開車的是穿背心的男人，坐在後座的是那瘦男人。感謝天那輛破舊的小車裡頭還有冷氣，但是還是不管用，熱得他們想死。女孩睡在瘦男人的腿上。

他們不再把她的眼睛貼起來，因爲即使明白地告訴她現在正往哪個方向、哪一條路走，她也無法分辨清楚，她醒著的時候，總是因爲疼痛和飢餓而啜泣不停。好像可以釋放某些部分的痛苦一樣，哼哼唧唧地，到了後來變成一種莫名所以的慣性，有規律和節奏地嗚咽著。

瘦男人望著天空。天空不應該這麼藍，藍得過分地充實、厚重、飽滿。如果現在躺在那天空底下曝曬，皮膚一會兒可能就要綻開，肉一塊一塊地從骨頭上剝落下來。蒼白的男人因此想到他母親的屍體曝曬在太陽下的情形。

那是很多年以前的事，母親埋葬的廉價墓園被證實是非法的，那塊地方爲了改建成公園，地方政府下令所有的墓都必須移走。

在這個時代要找一個地方建大型的公園可不容易，因爲這個城市裡的土地有限，然而人實在是太多了。超過半數以上的人都是廢物，一輩子也賺不了多少錢，打他們也不會還手，朝他們吐痰他們連眼睛也不會眨一下。

期限到的那天，尚未移走的屍體都給挖了出來，那眞是一個盛況。能夠弄到一點錢把墳墓移走的人早都辦了，剩下的這些死人都是最卑微，最低賤，可恥，污穢，不值一顧的。母親的棺木已經腐朽，挖出來的時候爛得差不多了，他沒有走近去看那屍體，但是聞到一股惡臭。

誰不想替死去的親人盡一點心力？但是瘦男人的父親這一生大部分的時間都處在失業中，這不是什麼大不了的事，失業的人多得不得了，站在樓頂上丟一塊石頭下來就可以打中一個。物價卻漲個不停，如果你三餐都到同一個地方吃同樣的東西，一天可以有三種不同的價錢。

他們也想把母親移到某個地方去，什麼地方？天曉得。這樣倒好，有人免費替他們把母親挖了出來。只是再接下來他們又不知道該怎麼做了。

剛才他繞到那個公園去轉了一轉。

那兒挺不錯，公園裡的樹都長高了，椅子也鏽得差不多。有一個游泳池，很好的游泳池，只是裡頭的水很混濁，像一鍋餿掉的湯。

他望了一眼他的同伴，他車開得很好，他覺得他就算瞎了也能開得很好。他也許蠻喜歡他們正在做的事，辦完以後，他要搬到一個新的地方去。

比這兒好很多的地方。他想了很久了，就像以前想著搬走母親的屍體的時候一樣。

有的時候，出於嫉妒，他對某些人會有一種仇恨；有的時候，他早上醒來，知道今天可以做什麼，他會覺得有一點點愉快；然而這些情形都很少。

有一天，他父親上吊自殺了，他打開門，走出去，從此沒再回來。他不想再為了屍體的問題煩惱。

他又想起一些微不足道的事情。很微不足道，或者，也可以用不足掛齒這個詞來形容。

那時候他沿著鐵路走著，沿著鐵路總可以走到某些地方。哪個地方都不重要，但是這和漫無目的地走著並不一樣，如果有一樣東西可以依循，比如說，鐵路，他便可以永遠這樣走下去，永遠。

有人把他撲倒，揍他。「把錢拿出來！」他一點也沒有還手。

他趴在地上，讓那人踢到他的耳朵流出血，那人把他翻過來，讓他面對著太陽。太陽在他的正上方，閉上那兩張薄眼皮一點也遮不住強烈的光芒。

「喂！你沒有錢交出來是吧？沒關係，正好相反，我給你錢。」

他用手遮住眼睛。

「你認我做爸爸，我給你零用錢。我到哪兒你就到哪兒，我叫你做什麼你就做什麼。」

他沒說話。他把他綁在鐵軌上，用腳踩他，那人背著光，而太陽刺著他的眼，他由始至終都沒有看清楚那人的臉。

「喂！睜開眼睛，」那人說，踩著他的脖子。「不睜開就踩死你。」

被踩住脖子讓他劇烈地想嘔吐，但是他無法動彈，被壓制的嘔吐使他的肩膀和胸腔抽筋，痙攣的劇痛使他流出眼淚。他把眼睛勉強張開一條隙縫，他只能把眼睛張開那麼多。

那人解開褲子，露出生殖器來。「喂！賤人，把嘴巴也張開！」那人跪下來，他聞到生殖器的臊味。

他在他的臉上小便。

他聽到那人輕蔑而惡毒的笑聲，但是他一點也不在乎。侮辱、挑釁、打擊、訕笑，就像一根羽毛在搔他的癢。

「我要在這兒看，是太陽先把你活活烤死，還是火車開過來把你碾死。」

那耀眼的紅色令他錯亂瘋狂，他一定要閉上眼來抵抗，他閉上眼的慾望是如此強烈，但是他根本已經閉上了。他用力瞇著眼，想把眼睛上下的肌肉擠過來抵擋強光。

那人在旁邊坐下，取出菸來抽。焦油的味道飄過來，炎熱裡令人作嘔的悠閒。

他在那兒躺了有一個世紀那麼長，那人耐不住熱走了。火車行進的隆隆聲透過鐵軌傳過來，他感到一股莫名其妙的幸福。就像這個久旱的天空起了烏雲。

一記響雷打碎了他的美夢，火車在前一個平交道路口被一輛瘋狂的大型卡車撞得翻覆了。驚天動地的撞擊聲幾乎震破他的耳膜，就像小時候聽到的那種撕裂心肺的雷聲。好長好長一段時間，他都聽不到聲音。

晚上他們把車停在橋墩下的垃圾堆裡，河水因爲乾涸只剩中央部分淺淺地留著，河面浮著一層油污，各式雜亂的東西擱淺在水裡，兩旁積著厚厚的黑泥，垃圾靠著橋墩堆，堆得比人還高。

「這是一個很好的隱藏的地方。」穿背心的男人甩著腿說。「我們可以用這些垃圾蓋一座城堡，或者，挖出一個山洞住進去。」

他們睡在車裡，腐敗的酸味一直沒有讓他們的嗅覺麻木，半夜穿背心的男人起來吐了兩次。他起來嘔吐的時候，兩次都看到很大的閃電，天空有如銀色的白晝，整個橋底下全被照亮，他以爲自己的頭發昏了。

穿背心的男人睡回去以後，女孩醒來，又開始哭。瘦男人已經把膠帶撕開過，換上紗布，那裡現在全化了膿，不停地留著血水。

瘦男人摸摸女孩的額頭，那裡奇怪地不再發燙了。這令他有一種不安的感覺，好像人死前迴光返照那樣。

一隻老鼠跑進車子裡，大得像貓那樣，女孩尖叫起來。

「把她的嘴巴貼起來。」穿背心的男人不耐煩地說。「我才剛睡著。我他媽的剛睡著。

我發誓，我醞釀了好久才睡著的。我起來吐了兩次。如果我不趕快睡著，我還會再吐，我吃得不多，可不想浪費了。但是我醒著就會聞到那股臭味，不吐不行。」他發出慘叫。

「剛才我好容易忘了這些，現在全都想起來了！要轉移我的注意力可眞不簡單。我費了九牛二虎之力才做到的！剛才我陷入一種昏迷狀態，半昏迷，現在被你弄醒了我才發現我剛才其實睡著了，不是昏迷，兩者有所不同。」

瘦男人沒理會他的同伴，給了女孩一粒小藥片，讓她吞下去。一會兒她微微地暈眩起來，有點像是快睡著的那種狀態，她的頭沉沉的，身子卻變得不可理喻地輕盈。

（我可以飛，在夜晚的天空，跟著小飛俠潘彼得，我要到一個奇妙的島上去。）

周圍那些令人作嘔的垃圾的可怕臭味變成一種濃郁的芳香，她努力地回想那種熟悉的香是什麼。她的思緒散掉了，香味濃得嗆鼻，因爲她吸得太用力，以至於差點反胃。

她的耳朵不痛了。她用手摸摸耳朵，她一直不敢摸那個地方，她的心臟怦怦跳得很厲害，然而她發現耳朵回到了原來的位置。

她的腳踏在軟綿綿的地毯上，彩色的織花地毯。她蹲下去，撫摸那柔軟的絨毛，發現有鱗粉沾在手上。那些繽紛的顏色是一隻隻蝴蝶，牠們開始拍著軟綿綿的翅膀，在淺灰色的霧中有氣無力地飛著，蹣跚地在低空飛著。她伸出手，一隻、兩隻、三隻蝴蝶棲息在她的手臂上。

是甜杏仁！她大喊。

那味道是甜杏仁！她大笑，然後才發現自己赤裸著身子。她想用什麼東西遮住自己。她的手握著一柄剪刀，她抓住一隻蝴蝶，把牠的翅膀剪下來，接著又抓住一隻，她用蝴蝶的翅膀沾上露水貼在自己身上，她的腳下堆滿了蝴蝶的身體，失去了翅膀的身體，恐怖而醜陋，伸長了六隻細細的腳爬行著。

她開始奔跑，然後有人向她走過來。她向後退，躺下，閉上眼，等待他們對她做什麼，她的心臟又開始怦怦跳，汗水從額角流下來。

（她在等待。）

她用手按住自己的腹部。

早上他們被蒼蠅團團圍住，簡直像搗了馬蜂窩。

「晚上是老鼠，白天是蒼蠅，一邊吐，一邊肚子餓。」穿背心的瘋癲男人說。

他們開車上路，決定讓瘋癲男人回家拿點錢，然後約在小碼頭那邊。

一上路，天空居然起了一記響雷，聲音大得嚇死人，回音足足長一分鐘。瘦男人想起小時候他撿回家裡的那條癩皮狗，牠很怕打雷，怕得要命。如果是平常，這表示午後會下雷雨，但是抬頭看看天空，仍然藍得要命，連一片雲都沒有，一片棉絮般的影子也見不到。

「那是什麼？」穿背心的男人說。

學生們在示威遊行，那兒有很多警察，他們掉過頭想辦法走另一條路。

「他們在抗議什麼？」瘋癲男人說。「他們有什麼好抱怨的？眞正該抱怨的人是我。」

瘦男人低頭望著自己的手，不曉得是因爲車的晃動還是其他原因，他覺得自己的手微微地在顫抖。也許是因爲過於飢餓和疲憊了。

瘦子望著窗外，深吸一口氣。

「我有個想法，我們不如乾脆再去搶劫。」瘋癲男人說。「不需要什麼計畫，馬上就幹，比如說……」他隨便伸手往外頭一指，「那個傢伙，他不錯……」他看見遠處有警察，又把車轉入另一條路。

瘦男人想到一個他一直沒有去想的問題，他父親的屍體不知道怎麼了？他看到父親上吊的時候，感到很不可思議。因爲他根本沒法自己上吊，他患有嚴重的錳中毒，連自己穿鞋都辦不到，臉部僵硬，口齒不清，口水不停地流出來，手腳顫抖，無法控制自己地大哭大笑。

「猴子！一群猴子在跑！」他老是那樣大喊，不然便是：「我被黃鼠狼包圍了！黃鼠狼站在那兒！」

他付給附近的一個小孩兒五百塊錢，一個十幾歲的少年，請他幫他打繩結，掛上門梁，扶他站上椅子，把脖子套進去。瘦男人後來碰到那個少年，那少年問他老頭死了沒。其實他大可不必那麼大費周章，一個人要吊死連趴著也辦得到。他望了一眼身邊的女孩，她已經活不了多久了，他幾乎敢肯定。

「喂！你說話啊！」瘋癲男人說。「你睡著了嗎？」

他仍然安靜。

瘋癲男人把車開上高架橋，打開收音機。他沒有聽收音機在播放些什麼，但是他在那種聲音中睡著了。醒來以後，車剛通過隧道，瘋癲男人把車停下來。

「我在這兒下車。」瘋癲男人說。

「要我來接你嗎？」

「不必，照原來的計畫，到碼頭去。」瘋癲男人說。「你行嗎？我的意思是，你的眼睛還好嗎？」

「沒關係，這裡的車不多。」

瘋癲男人下了車，瘦男人把女孩的手腳捆起來，塞在後車座底下，然後坐到駕駛座上。

天空又響起旱雷，瘦男人揉了揉眼睛。天氣晴朗，陽光普照。一切亮得人睜不開眼，瘦男人望著太陽，承受不住那陽光而流出眼淚。

# 究極無賴

「那，那是什麼？」因為太過驚訝，連聲音也變得又尖又高，活像人妖，伸出食指指著他的那隻手拱著手腕，看起來更有人妖的味道了，這麼一想，男人只要過了中年，陰柔之氣便越來越重，甚是令人悲嘆。

人還沒進屋，已經聽到老師的咒罵聲了，只要一下雨他就會開始大聲抱怨，因爲這破爛屋子地處低窪，只要一下雨水就會從門縫底下源源不絕地流進來，本來就是陽光一點也照不進來的陰暗室內，更是腐氣沖天，因此只要一下雨，老師就毫無節制地怨天尤人，或者指桑罵槐，教人聽了心煩意亂，十分難受，然而畢竟是自己的老師，「既然如此，爲何不乾脆搬出去算了」這種話實在說不出口，也只好忍耐。

他一進門，老師本來又是迫不及待衝著他破口大罵，然而一見他揹在背上的東西，立刻嚇得彈開，「那，那是什麼？」因爲太過驚訝，連聲音也變得又尖又高，活像人妖，伸出食指指著他的那隻手拱著手腕，看起來更有人妖的味道了，這麼一想，男人只要過了中年，陰柔之氣便越來越重，甚是令人悲嘆。

「那是死人吧？搞什麼，你爲何殺人？」老師歪斜著睜大的眼睛說。

一時之間他也以爲自己帶回來的是一具屍體，竟然慌了手腳，方才應該叫救護車將她送去醫院才是，爲何渾渾噩噩地就帶回家了呢？最近老是心不在焉，如此下去早晚惹禍上身……該不會已經惹上大麻煩而不自知吧？

這時另一個男人從房間裡走出來，神情有如行尸走肉，「我已打算自殺，遺書也寫好了。」他以愴然的口氣說，眼神空洞，「我最珍貴的遺物藏在何處，以及這些東西在我死後要如何處置，遺囑上都寫得明明白白，你們若是我的朋友，就請到時候依照我的遺言來處理。」

他聽了冷笑，所謂的「珍貴的遺物」，就是指那些裸體照片吧？眼前這個男人是他昔日的同學，叫作柳實，是個攝影師，原本拍的都是一些風景、靜物之類的東西，比如說植物園裡的荷花，阿里山的日出之類的，全是一些了無新意的照片。他自稱對構圖、光影等等極端講究，甚至許多攝影師已經不屑一顧的暗房技巧，他都很有心得，然而這種照片頂多刊登在給業餘攝影同好者看的粗劣雜誌上，只能拿到幾百塊的稿費罷了，是一點錢都不值的。他也很清楚如今想賺錢的話，還是得拍人物才可以。除非接一些具有商業性的案子，一毛錢也賺不到，但即使有人情介紹，也得先給人家看一些作品，這一方面他卻付之闕如。傷腦筋的是，要想自己拍一些人物照片來當作品集，必須先花錢去找模特兒，對他而言這是沒有保障的投資，無論如何都做不出來。尤其是打聽了雇用模特兒的價錢以後，更是堅定這種信念。

「花錢找女人這種事情，對男人而言是一種恥辱。我瞧不起那種竟然要花錢來買女人的男人。」他說。

當然他清楚這怎麼說也只是個比喻，實際上是兩回事，但是內心就是有一種揮之不去的潔癖。結果他只好死皮賴臉地找朋友幫忙，找些自願擔任模特兒的女性。雖然年輕天真的女孩子都喜歡拍照，特別是精心打扮之後，配合得宜的燈光留下的充滿明星氣的美麗照片，但現在越是年輕的女性越是精明，實際上願意接受拍照的女孩卻不多，他還很挑剔，年紀大一點的都不行，上限是二十五歲，多一點都不肯，如果年紀未達上限，但氣質已呈老態，或是皮膚鬆弛的，都不合標準，皮膚不夠白皙、上身比例過長、手臂太粗、臉上有痣的，也一概敬謝不敏。

「不能因爲是免費就委曲求全，那也未免有失藝術家的格調，我雖然沒錢，但對美學的要求絕不可絲毫通融。」他振振有詞，「一個人是不是眞正的藝術家，就看這最後的堅持，如果喪失這種堅持，我的藝術生命也就結束了。」

有時心情不好，上門的志願模特兒外型又不合他的要求時，他甚至會不留情面地咆哮，加以羞辱，讓對方淚流滿面，落荒而逃。有一次經人介紹前來的是一個年輕貌美、氣質脫俗的少女，一見面時他大喜過望，後來發現對方的脖子上有一顆凸瘤，上頭竟然還帶兩三根細長軟毛，他臉色大變，立刻擺出趾高氣昂的姿態，粗暴惡劣地加以數落一番，這其實是因爲之前房東前來討積欠的租金，威脅要收回房屋，當時他卑微奉承，諂媚至極，說到傷心處搥胸頓足，只差沒有下跪，那種自慚的情緒現在反彈過來，全都發洩在這女孩身上。那女孩的反應也出乎意料，既沒哭泣也沒生氣，只是冷笑兩聲，拂袖而去。他自己回過頭來也十分沮喪，飯也吃不下，心中忿忿不平，全怪那顆該死的瘤子，接著他又悔恨，覺得瘤上長細長的軟毛總比粗硬的剛毛要好。

不過對那些被趕出門去的女性而言，未嘗不是一件可慶幸之事。因爲那些雀屏中選擔任他的模特兒的，無一不飽受折磨；柳實喜歡讓模特兒擺出各種違反自然的畸形姿態，坐在地上手臂往前伸，腿卻要向後彎，腰肢向左扭，脖子卻要向右，下巴盡量往下勾，眼珠卻要上吊，一反他拍那些日出、雲朵、睡蓮等等風景，他認爲不經矯飾的純粹自然無法被稱之爲藝術，人物攝影就是要經營刻意造作的美，否則與那些狗仔記者拍的照片有何差別？越是沒道理的肢體語言，他認爲才是不同凡響的創作，他不願意與那些庸俗的人像攝影師一樣，拍些市儈淺薄的照片。

基於他一副專業內行的姿態，他的種種嚴格要求很少人抱怨過，但光是如此也就罷了，他還慫恿這些女子褪盡衣物，全裸入鏡。他會長篇大論闡述人體之美，衣物根本就是罪惡，如果說得口沫橫飛對方還是不爲所動，他就會苦苦哀求，百般阿諛討好，有時他自認是爲了減少對方的尷尬，自己也袒裎相見，然而因爲他態度認眞執著，竟然從未被當作心懷不軌。總之他是一副不達目的誓不甘休的勢態，到詞窮句盡的時候，已經變成死纏爛打，但也猶如一種催眠，對方被搞得昏頭昏腦，一半是喪失神智的狀態下脫到一絲不掛。

他絕非出於色情之心想看女人的裸體，說穿了這是他計較錙銖的小人心態。他不願意花錢請模特兒，覺得與花錢買女人無異，一個男人需要女人的時候，女人應該是自動上門的，如果要靠花錢才能弄到女人，可說是男人的悲哀。如今不花一毛錢請來模特兒他認爲是理所當然的，根本無得意之處，如果還能看到裸體，才算額外的收穫。

雖然模特兒被他說服脫光拍照，等於是出於自願，但這些年輕少女多半心有不甘，邊哭邊脫，洗出來的照片皆是一臉悲傷，梨花帶淚，好似被虐強姦，就像坊間可見的做作色情照片。這些照片他全都謹愼收藏，視爲至高無上的藝術珍品，一般人，不，就算是再親近、再特別的人，都無緣得見。

然而這些照片是否眞有那麼高的價値，實在令人懷疑，這也說不定是他自己刻意經營的神祕感造成的錯覺，因爲從未有人看過，誰也無法反駁這些照片的價値，到頭來連自己都相信這是至高無上的藝術。柳實這個人的最大弱點，是精神性的脆弱，他人的評斷總是會對他造成莫大的影響，若有人說他好，他就沾沾自喜，不斷回想自己的好究竟好到什麼程度，若有人說他壞，他就數日甚至數月鬱鬱寡歡（倒不會回想自己的壞究竟壞到什麼程度），嚴重的時候，連活下去的念頭都沒有了。這或可解釋成他極愛面子，他所說的遺囑裡交代了照片的藏匿之處，也說不定根本是個幌子，以他的個性來說，就算是死後也無法忍受別人批評那些照片根本稱不上什麼藝術珍寶，只是些滑稽的廢物。

「啊，雨下得可眞不小，這麼一來，香港腳又要犯了。」他搖搖頭，既然已打算自殺，犯香港腳這種事又有何差別呢？這時他才好似從夢遊中回神，「咦，楊鱷，這是個女人嗎？你從哪裡弄回來的？倘使你姦殺了這名女子，就應該在野地裡埋葬了事，這屋子可沒有任何可供藏匿之處。老實說，光是爲了藏匿那些照片，我就煞費苦心，一度連自己都想不起來藏在哪裡，焦頭爛額呢！」

楊鱷聽了十分不悅，「你怎會以爲我是會做出如此傷天害理之事的人呢？我雖然一事無成，頂多有些無傷大雅的癖性，但卻是不折不扣的正人君子。這少女是被雷電擊中，我已探過她脈搏鼻息，仍然活得好好的。」

「既然是被雷打中，爲何不送去醫院？她是你什麼人？」

「非親非故的陌生人。」

「那就是了，帶回一名昏迷的陌生女子，非親非故，你藏有私心吧？」柳實忽然露出不懷好意的笑容，「倒是極佳的拍照對象，趁她現在毫無反抗之力，趕快來拍些裸體照片。」

「你不是打算要自殺？」楊鱷以嘲諷的語氣說，「將死之人還有那麼可笑的世俗慾望，連即將被槍斃的犯人都無心吃最後一餐了，你卻還心繫那種三流鬧劇，說什麼要自殺，根本就是矯情的虛言。」

柳實被當面道破，面紅耳赤，正想反擊，楊鰸開口解釋，「我帶回這名少女，是因爲閃電發生之時，我感到接收到了神諭，這少女並非普通人，而是負有拯救世人使命的神人。」

楊鰸近日鍾情於神祕主義，以至於神智不清，執著於一些毫無道理、不著邊際的空想，這些他眼前的兩個男人都十分清楚，也不加過問。既然楊鰸認爲少女是神人，這兩人便不再多言，如果毫無止境地辯論下去，只會陷入幼稚的兒戲醜態，更何況，少女是普通人或者神人，對他們兩人而言是毫無差別的，煞有介事或者嗤之以鼻，都是一種精神上的浪費。

你看到這三個男人同居一個屋簷下，若是以爲出於三人深厚的交情或默契，那就大錯特錯了，這叫作柳實的，是楊鰸的初中同學，本來在學校裡交情就是普通，畢業以後，兩人更是有十幾年沒見過面，一直到三年前兩人才在同學會上碰面。楊鰸初中時住在石牌，念的是當地一所私立中學，畢業以後全家搬到台北，從此再沒回過舊地，有一、兩次開車經過，對當地景物全非感到十分驚訝，由於同學會的舉行地點，就在當年的學校附近，楊鰋之所以決定參加，實在是出於對當年的學校今日究竟變成什麼樣子感到強烈的好奇。

他自知中學生涯乏善可陳，卻還是一廂情願地賦予一種浪漫的情緒，重回舊地，覺得較之記憶裡的學校，實際的學校竟然小得不可思議，這大概是因爲自己變大了的關係，不，不只是變大，也變老，變複雜，變世故了，想到此，楊鰋竟然莫名地感傷起來。昔日停放腳踏車的車棚，竟然還存在，楊鰋一看，差點激動流淚，爲了遮掩這種難堪的失態，他對站在一旁的柳實顧左右而言他地說：「畢竟騎腳踏車上學，對人類生存的環境而言極有助益。」

同學會結束後，有幾人又繼續到酒吧去喝酒，楊鰋和柳實都去了。同學會這種場合，當然話題必然是各人近況，楊鰋早就料到會有皮夾裡的小孩相片之類令人作嘔的情境發生，因爲心理上已有準備，倒也處之泰然。往日共同的記憶已被拋諸腦後，眾人的話題，總共也只有職業和家庭兩項，這令楊鰋十分心驚，因爲無論是家庭，或者職業，他都付之闕如。

楊鰋自視很高，自小便體悟到自己的聰明才智過人，非泛泛之輩，少年同儕間談及各人美妙的鴻圖大志時，他表面上默不作聲，心中卻瞧不起這些傻瓜白癡作的與他們的愚蠢資質相去甚遠的大夢，至於他自己，腦筋靈活、富有創造力、點子特多、才情縱橫，功成名就才是天經地義。這些他表面不說，就像全身蓋滿灌木枝的傭兵或是僞裝成枯葉的蝴蝶，埋伏在這些死氣沉沉的粗糙掩蔽物裡。

不料，高三下學期他卻得了肺炎，整整休養了四個半月才康復，之前所有爲了聯考所做的課業準備，全部忘光了（根本是本來就沒記得吧？），他因此感悟到人世無常，人怎麼都鬥不過天的，不如順應天意，什麼都不要想，不要規畫，不要準備，順其自然。他瞞著父母並未去參加聯考，在街上閒晃，看了好幾場電影，誤打誤撞地認識了一票熱愛藝術電影的青年，這幫人倒是替他開了眼界，知道世上還有所謂不凡的品味。「方才的電影裡，你不覺得眞正的美，完全靠侏儒的角色給傳遞出來了嗎？當然，侏儒並不是主角，你別打斷我的話……關鍵性的角色通常不是主角。總之，美的相對是醜，要感受美，就要知道什麼是醜，醜就是庸俗，然而庸俗這兩個字表達的卻不確切，眞正的醜是無知。無知的人總是比較快樂。」他聽到諸如此類的討論，總是十分喜悅。儘管他天生就體會所謂的不凡是建築在與他人的庸俗的對比之上，可他過去並未找到一番冠冕堂皇的說辭來直指販夫走卒的迂腐特質，如今他算是開了眼界，意識到自己與世俗凡人的差異是天生的，這算是他靈性的啓蒙，可說替他日後追求人生在世俗之外的更高層次成就的渴望埋下了種子。

楊鰸和這一票人當中一個叫作杜俊的青年交情最好，杜俊是一流大學的學生，光是這一點就令楊鱷莫名地仰慕，加上杜俊一頭好似終年不洗的長髮，骨瘦如柴的身形，彷彿嗑藥過度的深陷眼窩，這種頹廢的形象對楊鱷有強大的吸引力。

每天晚上兩人都會通電話，一講就是三個多鐘頭，談的話題無所不包，不論是當今時事，小道醜聞，財經或者科技，歷史或艱深的哲學，都能煞有介事來上一段唇槍舌劍的辯論，儘管兩個人對所談的內容都所知有限。有時因爲涉及一些太過尖銳的話題，以致楊鱷每因極度亢奮而顯得情緒衝動，聲調也不自覺地提高，加上尖聲大笑，未免引起父母側目，只好躲在棉被裡講電話，簡直有如熱戀中的情人一般。

楊鱷還在學校念書的時候，每日作息是十二點睡覺，早晨六點起床，畢業以後，仍舊晚上十二點睡覺，早上則十點鐘才起床，杜俊則是習慣白天睡覺，晚上活動，因此夜裡三、四點接到杜俊的電話是很平常的事，楊鱷雖然警告杜俊這種三更半夜干擾他人的行爲不但自私，且侵犯到楊鱷的家人，但杜俊不以爲意，由於楊鱷對杜俊的仰慕，私心裡也存著縱容他這種任性的情感，彷彿寵溺杜俊一樣，任他這麼胡來。

有天夜裡，楊鱷又在睡夢中被杜俊的電話吵醒，這時因爲聯考的日子已近，白天爲了這事與父母大吵了一架，精神十分不濟，也無心思應付杜俊，渾渾噩噩中，聽到杜俊在電話那頭提出叫楊鱷自慰的要求，楊鱷一時摸不著頭腦便照做，心中儘管存著少許迷惑，但不失一種大膽的樂趣。杜俊鼓勵他描述肉體感官的刺激感覺，這種人生體驗，楊軀視爲心理層次的一大超越。後來又有一次的半夜電話，由杜俊那邊主動指揮由他來撫摸楊軀的動作，爲了體會杜俊所說的高妙境界，楊軀便集中心智感受當中妙趣。雖然楊軀很期望回到先前兩人在電話裡談一些世俗的或者精神層次的問題，但杜俊似乎很熱中這種肉慾實驗，並且越發以下流的構想、低級的語言來製造衝擊，這令楊軀十分膽戰心驚。楊軀對下層社會文化感到排斥與恐懼，生平從未使用過髒字，如今耳聞杜俊使用得如此痛快流暢，五味雜陳，震撼之餘，頗感消受不起。尤其是在電話裡替杜俊口交了一次，又交合了兩次以後，楊軀非常困惑這種「實驗」與同性戀的差異爲何，終於決斷地拔掉電話，從此不與杜俊往來。

既然沒考試，放榜時自然任何一家大學的錄取名單都不會有他的名字，他以肺炎的後遺症導致身體虛弱爲藉口，毫無目標地混了一年，實在是窮極無聊，只好重新準備起功課去參加大學聯考。有一度他想做個演員，覺得考戲劇系也不錯，後來因爲內心深處對演員身分有一種階級意識的嫌惡（其實是自知考不上），最後還是放棄。後來他考上了一所就當時來說算是吊車尾大學的社會工作系，算是歪打正著，他父親倒十分欣賞。

楊軀的父親在國營企業裡擔任中級主管，辦起事來一板一眼，總是把但求問心無愧這類刺耳的話掛在嘴上，自以爲很懂得人情世故，但事實是，在理性上他確實自覺很能掌握人性種種複雜的奧妙，但在直覺上他卻少了這根神經，因此耽溺在一種莫須有的敏銳上，一度升到高級主管，後來竟然被明升暗貶，任職一個有名無實、無所事事的閒差。楊鰸父親並非好權之人，但出於一種感情上被背叛（卻不曉得是被什麼東西給背叛了）的屈辱令他十分沮喪，個性居然改變了大半，變得多疑、凡事沒來頭地驚慌、像女人家一般易怒，整體的人生觀倒是陷入消極。

楊鰸大學畢業以後，從沒任職一件正式的工作，生活上的開支主要是來自老父老母的接濟。至於楊鰸的父母爲何如此慷慨，爲的是鼓勵楊鰸的「學以致用」。楊鰸既然在大學時念的是社會工作，那麼畢業以後從事與社會服務有關的非營利事務，聽起來也是合情合理。楊鰸是否試過應徵商業機構的工作不得而知，也有可能是害怕被拒絕，壓根就不想嘗試像其他人一樣謀求一份世俗工作，如果有人問起在哪兒高就，他就說是爲公益團體從事義務工作，其實是漫無目的地隨便打些沒有壓力的臨時工，很多時候甚至是沒有工錢或車馬費，只發放便當的低等差事。

那日在同學會上見到柳實，得知柳實從事前衛藝術工作（那是他自己的描述，雖然故弄玄虛，但並不違背事實），內心十分神往。柳實原本在遼寧街附近租了一間房子，那種老朽不堪的狹長形房屋有整面牆作落地窗自然採光，最適宜用作攝影工作室，後面還有兩個房間當作書房和臥室，且租金便宜，不及三萬。但即使如此廉價的房租，到頭來他也付不出來，正打算另覓更便宜的住處。一提此事，楊鰻內心頗受震動，覺得也實在到了自己離家自立的時候（根本是爲時已晚了吧！），兩人一拍即合，約定一同分租房屋。現在這間破房子，就是如此找到的。

楊鰻經人介紹得了一份工作，卻堅持不吐露他在此處的工作性質爲何，只說是經理。柳實一聽這頭銜，不乏嫉妒，爲此柳實卯足了勁兒動用各種關係，找到跟楊鰻在同一處工作的同事詢問。「頭銜又有何用？世人就是如此愚蠢，帽子還得要花錢買，竟然還看不出頭銜大是可以免費贈送的，多虧了一般傻瓜靠虛榮就可滿足，當然是要什麼頭銜有什麼頭銜，此處經理也不過是路邊發傳單的罷了。」柳實得到此一答案，心滿意足。

楊鰻與柳實合租的這間房子是沿著一棟老式舊公寓的側邊蓋的，不折不扣的違章建築，看起來就像從那公寓底部長出的狹長凸物，位在一死巷中。大門呢，並不面對巷口，反而開在屋底，倒是鏽得一塌糊塗的紅色鐵門和裡頭的門之間，還有個小院子。進門是客廳，裡面以木板隔成三個小房間，中間那間還造成和室的模樣，大概是用作客房。連這樣破爛的房子，還有客房，也算是稀奇哩！三間房的門口是一窄長走道，整個布局就如同低級旅館一般。

楊軀第一眼瞧見這房子，只有兩個感覺，第一，以一萬多元這樣低的租金租到的房子有如此大小和奇異的格局造成的可利用的空間，加上坐落在市區裡並且有院子，已屬十分難得。第二，這房子的陰暗潮濕，木板隔間可怕的蟲蛀生霉和隨處累積的陳年污垢實在教人作嘔，但若是加以清潔整理煥然一新以後，就算是撿到大便宜了。問題是，誰來進行這清潔整理煥然一新的工作呢？誰也沒想到。因此，房子至今也仍是髒臭不堪，腐垢叢生。

一日楊軀家中來電，說有人找他孔急，楊軀心頭一凜，本以爲是杜俊，後來才曉得是傅榮章。

傅榮章是他高中時教數學的老師，他不只在學校裡教書，也在外頭的補習班兼差，課堂上雖然裝作賣力講學，其實言之無物，根本是照本宣科，學生若想通過考試的話，就非得到他任教的補習班上課不可。當時整個班級裡，沒上補習班的，只有楊軀一人。楊軀沒上補習班，並非他自信滿滿、心高氣傲，也不是因爲家貧，拿不出補習費，而是楊軀的父親堅持當學生的必須有念書是自己一人責任的信念，倘使盡心在做學問上努力，是不可能還需要額外補習的，學生到外頭補習，根本是不願靠一己之力獲得知識的無賴藉口。

到了學期末，楊軀果然沒有及格，第二個學期仍舊如此，除此之外，他還有兩個科目不及格，成爲全年級唯一一個可能留級的學生。這事給楊鰸全家帶來極大的打擊，楊鰸父親露出痛心疾首的表情，夜裡醒來攬鏡自照，發現竟長出了白頭髮。母親因爲這恥辱足不出戶，才買來的當季新款帽子也無法亮相。父親痛定思痛，要楊鰸他母親帶著楊鰸上老師家登門請罪，說穿了是無論來軟的或硬的，都得說服老師給楊鰸過關。當日楊鰸一早起床，便見母親在臉上搽了厚厚的粉，看起來簡直跟日本的藝妓沒有兩樣，還穿上平時不輕易示人的昂貴洋裝，甚至跑到美容院去讓人塗了指甲油回來，連腳趾也沒遺漏，他看得目瞪口呆，心想母親該不會是想去色誘老師吧？這種不堪的場面令他難以忍受，回過頭裝病躺在床上，無論如何都不肯跟母親同去拜見老師，他父親暴怒，罵他是家族之恥，不如斷絕父子關係算了。

萬不得已爬起床來，跟著母親去見老師，母親起先在老師面前還擺出種種嬌羞媚態，裝模作樣，她平日在家中聽慣了丈夫喜歡說道理，也想如法炮製，偏偏她是個肚子裡一點墨水也沒有的女人，講話顚三倒四，牛頭對不上馬嘴，卻又喜歡夾雜成語和英文單字，亂編典故，聽得楊鰸臉上燥熱，恨不得閉氣或咬舌頭自盡。傅榮章耐心等母親說完，心意不動如山，表明朝三暮四、毫無原則豈是他傅榮章的作風？今日若對楊鰸通融，那麼對其他的學生如何交代？楊鰸母親一聽惱羞成怒，「看你的樣子，該不會是想要錢吧？爲人師表還如此不要臉，國家的教育就是你這種人敗壞的。」母親提高聲量，引起周圍的人異樣的眼光，她一發現立刻變本加厲。

傅榮章暗忖聲色俱厲地訓斥這個愚蠢的女人並無任何好處，還不如改變態度加以溫柔安慰較能尊嚴而迅速地解決當下的危機，因此他先是露出諂笑，隨即又覺不妥，收起笑容，一本正經但和顏悅色地闡述楊軀不及格的原因與沒有補習無關，實在是楊軀在數學這門課程上是塊朽木。母親原本上門是興師問罪，這下突然落入下風，方寸大亂，開始胡鬧起來，楊軀見情形不妙，裝作昏了過去，老師親自將他抱起，放置在靠窗的沙發上，不多久他又假裝姍姍醒來，一臉迷惑，母親也趁勢擺出不予計較的姿態匆忙將他帶回家。

不過，這事後來解決倒虧了另一個女人，是楊軀母親的手帕交，她曾有一次受楊軀母親之託，替楊軀送東西到學校來，見過傅榮章一面，沒想到一見鍾情，念念不忘。此女生得一張寬扁臉、塌鼻子，脖子粗短，皮膚黝黑，一雙眼睛充滿邪氣，她自己卻說是天生命帶桃花，身不由己，一雙眼才會如此妖嬈。說也奇怪，聽我描述她的相貌，怕人人避之唯恐不及，但眞如她自己所言，身邊一直追求者眾，但她一心想著傅榮章，堅持守身如玉。楊軀耳聞老師的個性，對於自動上門的女人，可以說是來者不拒，醜或者笨都沒關係，只要能與之上床，就算賺到了。對於玩膩了的女人，或者上過幾次床以後發現對方的容貌與智慧之低劣，已經到了與之上床根本稱不上賺，反而是賠的時候，也不會主動要求分手，頂多避不見面，萬不得已被抓到了，就勉爲其難地帶去賓館雲雨一番，這一方面他倒是天賦異秉，即使是再嫌惡、鄙視的女人，還是有辦法和對方燕好，甚至可以連續來個兩、三次，這種情形一直持續到對方覺悟，主動求去爲止。

楊軀轉而拜託母親這位手帕交，得知她早就和傅榮章暗通款曲，楊軀的留級之事後來也就不了了之。三年級時傅榮章沒有再教楊軀這一班，但師生兩人還是建立了某種半生疏半狎暱的情感。因爲楊軀其實是十分會拍馬屁的學生，只不過他的人生觀是多一事不如少一事，不知善用這項專長。他深諳馬屁要拍得好，只是嘴甜是不行的，有時反而弄巧成拙，眞正高明的馬屁必須有深度和內容，是一門耐人尋味的學問，一般頭腦簡單的俗物還沒這個本事體會呢！

高中畢業以後，楊軀得知傅榮章因爲在學校人緣太差，被眾多老師聯名趕出學校。其實以傅榮章的人品，不過是刻薄浮誇，好搬弄是非，喜好幸災樂禍，不樂見他人聰明快活，卻還不到奸惡的程度，然一旦有人挑他的毛病，倒十分容易獲得共鳴，許多老師公然在課堂上鼓吹學生起來杯葛傅榮章。至於做家長的嘛，全是些昏庸之徒，說什麼就信什麼，爲人師者平日道貌岸然，骨子裡最愛惡鬥，傅榮章自始至終都搞不清楚自己何處不見容於學校。

不教書也好，傅榮章自視也頗高，早就認定天意注定自己不該一輩子幹教書匠，離開學校後他和朋友做放高利貸的生意，奈何他雖教數學，放在做生意上仍然是個白癡，不說把財產賠光，還落得被追殺的田地，窮途末路之時他能想到的人，居然只剩下楊軀。楊軀自認受父親影響，也算讀聖賢書長大，總不能放任老師狼狽潦倒，被歹人窮殺至死吧？只好收留傅榮章同住。

老師搬來以後，每天都要大放厥詞，發表一些人生心得，一開口就是長篇大論，口沫橫飛滔滔不絕，不持續兩、三個小時不會停止，對付這種傾倒式的演說，其實只要相應不理，對方自然會自覺無趣，但明明知道這個道理，卻違背心意地加以奉承，對老師的種種論點賣力讚賞，點頭稱是，如果假裝專注傾聽，其實根本心不在焉，久了對方的熱情自然也會消滅，偏偏他卻十分投入，一字一句都無疏漏，爲了表示自己確實心領神會，隨時在適當的時候提出洞見卓越的問題，引發老師更高妙的解說，這比一味的奉承還要來得引起龍心大悅，根本是自討苦吃，原本看來似乎已經快要結束的演說，常因此又被帶起一波高潮，開啓更激烈的討論，一發不可收拾。

雖然是因爲避債逃到這裡，派頭卻相當大，也不想想自己根本是灰頭土臉、狼狽不堪，做學生的是秉持著時下已近乎蕩然無存的尊師重道的可貴美德收留他的，每思及此，楊軀便惱怒萬分，但頂多只有在夢中羞辱老師，現實當中還是唯唯諾諾，阿諛討好。楊軀認識傅榮章非一天一月了，深知老師喜怒無常，最大的本事就是胡亂出氣，得罪了他難保他不會使出什麼卑劣的報復手段，因此忍氣吞聲雖非所願，但總比正面衝突好。這些日子觀察下來，更證明老師的心眼極小，楊軀發現只要自己一顯得志得意滿，老師的臉色就會陰鬱，如果自己諸事不順、如喪考妣，老師則會神情開朗，因此戰戰兢兢，隨時絲毫不敢顯出一點喜色，最好是愁容滿面、灰心喪志，恰巧這也合了楊軀對人生的消極態度，乾脆就把因為現世的失敗轉而逃避人生、自暴自棄的行為推到是為了迎合老師的藉口上頭。

楊軀不消多久當然又丟了那經理的工作，但自認幹過經理，便不想再從基層做起，如此一來，找工作一事等於是想都不用想了，體認到如此重大的現實，對楊軀而言不無打擊，終於覺悟此生無法獲得俗世的肯定，幾乎是一種不可抗拒的宿命，頓時靈光乍現，或許追求靈性上的成就才是他此生命定的目標。

儘管過去我所追求的種種，算是失敗了（話說回來，到底追求過什麼，他自己也說不出來），如果說這減損了我的靈魂，現在叫我去死，我應該無所牽掛吧？然而我的靈魂告訴我，事情沒有那麼簡單，我應該向更高處看才是。這是楊軀對自己人生的「第一個階段」

結束時所下的注解，「第二個階段」要往哪裡開展，他還沒有清楚的概念，總之，得先想清楚一個問題，那就是，所謂的靈魂，到底是什麼呢？

這世上鬱鬱不平，認為自己欠缺命運眷顧，空有一肚子過人才華卻懷才不遇的人太多了，但自己和那些人不同的地方是，自己是神所選中的人，這一點錯不了。從這個確認做出發，回顧人生的第一階段，很顯然各種艱險都是神所給予的試煉，讓他得以穿破表象，悟出肉眼所不能見的事物蘊藏的奧義。本來他百思不得其解，這其中必然有一重大關鍵，到底要如何將死結打開，得以釋放他內在洶湧的靈性智慧且盡情發揮，達到更高一層的境界呢？如今謎底揭曉，原來神會派遣使者，就是這少女，她會帶來指示，將神意授與他，至少點破他的障礙，原來如此，確實是高妙，楊鰸不得不佩服。

楊鰸再三描述目睹雷電中出現少女的奇景，每次敘事都依當下的感悟變換角度，因此說法莫衷一是，毫無原則，有時候是天空與地面以雷電連接時原本是神的少女在地面以肉身出現，有時候是神藉雷電使靈能進入少女而成為神人；第一次聽起來荒誕無稽，聽久了就像洗腦一樣，聽者已經毫無興趣以主動思考去辨認這當中的是非，接受了「少女＝神人」這樣的公式。既然如此，少女留在三人住處也變得理所當然。少女住進來以後，安置在中間那間和室，不用說老師傅榮章獨占一個房間，柳實和楊鰸就只好共住一房了。

柳實因爲專注在自己的悲劇命運當中，根本無心思管楊軀的奇行異舉，至於傅榮章，他對自己與這兩個年輕人之間的關係，是以一種主觀的想像來結構，他把自己當作這二人虔心供奉的長者，那二人尊敬他所賜予的智慧、人生經驗的傳承，對萬事萬物精闢的見解，他則寬容放任他們的一些不成熟但尚且無可厚非的愚行。過了兩日，傅榮章靜下心來一想，這少女總有家人吧？離家數日不歸，家人難道不會找嗎？說不定已經報警了，若是被發現藏匿失蹤人口，保不準當作拐騙綁架之類的罪行，就爲了楊軀這小子精神錯亂的愚行，要付出如此高的代價嗎？楊軀說少女被雷打中，被雷打中的是他自己吧？

各位或許要質疑，少女被楊軀帶回來，難道不會自己逃跑嗎？她又不是被軟禁，他們三人也不可能強行拘留她。她被當作神人，難道自己不會提出辯駁嗎？很不幸，依照少女醒來後的舉止來看，她應該是個白癡，也就是說，出於某種精神疾病或者智能障礙的原因，全無正常人顯現的語言和行爲能力。這個現象符合楊軀對少女非常人的預測，因此毫不感到驚訝，甚至十分滿意。當然了，少女可能本來就是個低能兒，暴雨中在街上亂走，結果被雷電打中，是合理的解釋。但原本是正常人，因爲被雷電擊中腦部而變成白癡，也不無可能。

楊軀終日無所事事，照顧少女不覺麻煩，尤其是在興頭上，不論是哄騙吃睡、照顧如廁洗澡，頗有耐性，柳實一旁冷眼相看，逐漸內心也起了變化。

說起柳實鬧自殺的原因，多少與他最近苦戀上一名大學女生有關。這名女生也被他拍過照片，當時他也不例外提出裸體的要求，對方雖然不拒絕，但要求必須將臉部蒙起來。

「你不是說要拍純粹的肉體之美嗎？那麼有沒有露出臉孔又有何差別？」那女孩說。

「赤身露體卻偏偏蒙上臉，那不是極端違反自然？」他反駁，「既然連乳房和陰部都供人觀看了，一向暴露在外面的臉又何必遮掩？」

「你這個說法眞是狡猾。」

「既然你同意將肉體私密部分暴露供我拍照，可以見得你認爲呈現肉體之美並無任何可羞恥之處，既無可羞恥之處，公開臉部本就是合情合理。」

「我才不中你的激將法，我認爲肉體本身是無罪的，我不但認爲肉體與羞恥無關，我還要歌頌肉體，就因爲肉體是無上珍貴，所以才不能藉你的相片公開它的主人是誰，那樣豈不就如同將中樂透頭彩者的身分曝光，要遭人妒忌嗎？」

「遭人妒忌？你把話題引到哪裡去了？以你的身材，要遭人妒忌也難吧！」柳實仰天大笑。

「與你談論高層次的問題果然很難，你的腦子只有簡單膚淺的邏輯，就好像和只會玩竹蜻蜓的幼兒辯論太空梭的構造，根本是不可能。」

兩人爲了蒙面的事情發生激烈爭執，僵持不下，那女孩堅持臉和身體只能有一者裸露，若要裸體，臉就必須蒙上，臉如果露出，則一件衣服也休想脫掉，任由他好言相勸或是威脅恐嚇都不爲所動。他一時失去理智，竟然打了那女孩一巴掌，他一向喜歡逞口舌之能，尤其愛踩人痛腳，傷口撒鹽，即使對方是無辜的殘疾弱小也不例外，興頭上面，加以胡亂羞辱，也不覺得有何缺德，要是對方因爲他的污衊百口莫辯而羞憤自殺，他也只會露出殘酷的冷笑。但他的本性從來厭惡暴力，寧可自己挨揍也不願意動粗，因此被自己的莽行嚇了一跳，一點尊嚴也不顧地立刻下跪道歉，說什麼無論做任何事都可以，非得到女孩原諒不可，說穿了這可能是他一時興起，自我陶醉的表演罷了，但這一番奇妙的交鋒之後，他發現自己愛上了那個女孩。

女大學生果然是不同凡響，柳實喃喃自語。這日柳實與楊鰻和傅榮章三人坐在院子裡烤肉。傅榮章一聽，嗤之以鼻，「現在的女大學生是一文不値的，要怪就怪政府縱容無止境的大學不斷成立，現在隨便哪個低能傻女都可以是女大學生，對女大學生四個字的遐想可以休矣。」

柳實嘴上不說，他與楊鰻不同，無心和傅榮章深究各種刁鑽瑣碎的話題，此刻他正煩惱的是，那女大學生對他的殷勤毫不留戀，迷上了一個浪蕩子，那男的不但教養低劣，不學無術，相貌猙獰，且有如脫韁野馬，無法掌握，甚至還是個強暴犯，近日好像要給送進牢裡關了。活該！本來柳實是幸災樂禍，法網恢恢，疏而不漏，總算這世上是有正義公理的，且顯然正義是在自己這一方，誰知道女大學生簡直是鬼迷心竅，竟因此對那強暴犯更是癡迷到瘋狂的程度。

我竟連一個強暴犯都比不上，眞不如死了好，柳實搖頭嘆息。

楊鰸帶回來的少女方才吃飽了烤肉已經呼呼大睡了。實在是因爲三人對應付少女感到十分厭煩疲憊所想出來的對策，就好比餵豬一般，想法子讓她吃飽肚子腦袋一片空白（本來就一片空白啊！）只想睡覺。

少女平日除了吃睡外，閒暇便愛吵鬧，雖不能言語，但仍可發出不似人聲的尖銳噪音，有一次傅榮章一時慈悲心起，也有可能是情急之下不得已使然，只好將少女揹在背上來回奔跑，沒想到少女立刻心喜大笑，此後愛上了這項活動，若不順其心意，便尖叫不休。

柳實也揹過一次少女。這間冬冷夏熱的破房子，盛暑時熱得跟蒸籠一樣，冷鋒來襲時又酷寒難當，正値寒冬，少女柔軟的身體貼合在自己背上，柳實的胸中竟湧上一股巨大的幸福之流，雖然眼睛乾澀，但他明白淚管裡堵塞著想哭的衝動，像是不打通就會炸開的感覺，楊鰻和傅榮章都不在，柳實揹著少女在房裡的走道來回疾奔，嘴裡大聲像馬嘶般使勁嚎叫，最後用力過猛一頭撞在牆上，這一撞不輕，撞的時候轟然巨響，頓時眼冒金星，其後連續兩天渾渾噩噩，柳實判斷自己是得了腦震盪。從此柳實早出晚歸，避不見面，躲開這要命的差事。

有家歸不得，成天在外亂跑，又沒什麼正經事可做，柳實打定主意要使那女大學生傾心於自己，一般人若抱此決心，多半是要在事業上拚個出人頭地來贏得佳人芳心，但柳實自不會朝這個方向想去，首先他要把女大學生的底細摸個一清二楚，原本他打算委託專業的徵信社什麼的，但既然他一來沒錢二來閒工夫多得是，不如自己交辦自己這個案子。

一扮起私家偵探，他發現這職業原來頗有妙趣，真應該早點發現，或許已經在此領域闖出一片天了。至於他的偵查手段，也沒什麼特別的，不過成天找那女大學生的同學玩樂聊天，瞎扯一氣。那女大學生名叫陸藍珠，是私立大學二年級的學生，柳實從她的姊妹淘口中得知，這個陸藍珠是家中么女，自小頗受寵愛，在學校成績優異，追求者眾，但她一個都看不上眼。陸藍珠一人在外租屋，是一間豪華套房，雖然她家庭經濟狀況不錯，但未必供得起她如此享受，傳言她被一個有錢的生意人包養，也有人說她與黑道分子交往，依柳實來看，那強暴犯只是混混之流，頂多是個小流氓，要說是黑道分子就言過其實了。

某日柳實又爲了「蒐集資料」約了那班女學生到KTV唱歌，唱至凌晨二時，柳實藉口上廁所開溜了，幸虧選的是包廂內沒有廁所的KTV（其實是一開始就打算要尿遁），明明付不出帳來，卻毫不在意地答應與年輕女孩歡唱同樂，這種死皮賴臉的行爲，柳實不是不感到羞恥，只是拒絕面對罷了。走出KTV，柳實立刻攔下計程車儘速離開現場。

坐在計程車上，柳實茫然地望著窗外。不是都說坐在向前行駛車內，望見窗外的景物就彷彿從兩旁一一倒退嗎？這種說法眞是奇怪，柳實從不覺得從奔馳的車窗望出去的景物是在倒退，任何人只要神志清楚，都明白本體是宇宙的中心，永遠是自己在向前疾行才是。對啊！曾幾何時他已陷入自己是靜止的，而世界正在倒退這樣消極的迷思當中！幸虧他意識到這種危險的想法的存在，這不啻是一記警鐘。柳實開口要司機改變方向，一個驚人的主意在柳實的腦子裡突然冒出來。他要到陸藍珠那裡去。

陸藍珠的租屋位於市區的大樓中，是屋齡很老的舊大廈，租金並沒有想像中那麼高。樓下有管理員，但因爲是住商合一的大樓，白天出入人雜，管理員根本是睜一眼閉一眼，晚上照理說應該比較有警覺性，可是當管理員的那老頭子既無這種興趣，又貪生怕死，眼睛盯著電視節目（可不是大廈攝影的監控呢），有一陣沒一陣還打起盹來，即便如此，柳實仍刻意低頭迴避。

陸藍珠住在十樓，柳實按了電鈴，陸藍珠從門孔窺見是柳實，毫不大驚小怪，輕易便讓柳實進來了。原本柳實還深恐被拒在門外，想了許多哄騙哀求開門的理由，沒想到全派不上用場。未婚女子三更半夜輕易讓男人進入香閨，看來也是個隨便的女人，柳實心想。

一進屋，瞥見雙人沙發床已經拉開，頓時心跳得厲害。方才在計程車上，還為自己夜襲女大學生的大膽舉止頗為得意，想著陸藍珠拜倒在自己的男性雄風下，心悅誠服另眼相看的表情。陸藍珠表面不說，心裡必然把自己看作光說不練，只靠耍嘴皮的登徒子，沒有半分男子氣概，他的算盤是強暴陸藍珠，一開始女方必然會裝模作樣地掙扎一番，接下來肯定是無法抗拒體內淫蕩的誘惑，變得自暴自棄，媚態相迎。越是想入非非，表面上越是做出一臉嚴肅正經的模樣，現在應採取什麼行動呢？若以空洞的寒暄開場，似乎氣氛尷尬，當然，不說一句話就把對方撲倒，應該也會令女方心儀吧？再怎麼說，成年男女該做些什麼事，雙方應該心知肚明才對。

不，柳實糾正自己荒唐的想法，他並非來向陸藍珠求歡，他是來以暴力征服這個女人的，不僅是強奪占有這女人的肉體，還要使她因此產生被摧殘的羞辱感，這種羞辱與欲仙欲死的快感錯綜混亂，進一步激起乾脆和眼前這男人墮入淫亂深淵的悲壯心情。才剛沉醉於這種無稽的想像，現實的問題又打醒柳實，如果是強暴女人的話，要先吻她嗎？柳實弄不清楚，親吻是否是種愛的表現，不管是強吻也好，還是心靈交會的纏綿之吻，應該都有愛的成分在吧？讓陸藍珠錯以爲他是因爲愛她而想共赴雲雨，那可就導引錯方向了，柳實搖頭，還是別接吻好了，必須讓對方明確地了解這是一樁強暴才行。

就在柳實陷入強暴的思辯當中，忽然聽得陸藍珠拍手大笑，這麼一瞧，原來正在觀看電視上的日本相撲競賽。「你看看，這麼小的個子，可摔倒身形大他兩倍的對手，眞是妙不可言。」陸藍珠說。

這會兒他忽然神志清明起來，覺察到自己思慮所欠周到之處了，他要強暴陸藍珠，是一廂情願的想法，孰知陸藍珠不會反抗呢？柳實環顧地形，床邊的茶几上放著書本和原子筆，女方說不定會把原子筆拿來用作武器，刺自己的眼睛。這麼一想，柳實打了個寒顫，眞是噁心。地毯上放著一個盛水果的大玻璃碗，那個東西也可以拿來攻擊人，往頭上一砸，雖不致死人，但也可打個頭破血流，砸在臉上的話，別說破相了，玻璃碎片插在臉上，簡直是恐怖片的情節。書桌上有個銅製紙鎮，那個的攻擊力更勝過玻璃碗了，打在頭上少說縫個幾十針。至於流理台上頭，還有一把水果刀，因爲房間小，要取那把刀子容易得很，肚子被插上一刀說不定還受得住，但對方要是瘋起來，狂殺個十幾刀不停手，命就保不住了。

果然如此，隨便使用暴力確實是一種有欠思考的愚勇，想來自己也是受過教育的文明人，凡事還是以理相勸的好，世間有什麼事情是道理無法服人的呢？好言跟她曉以大義，她也不是不通情理之人。這般想著，完全忘了剛才他那套此番不是來向陸藍珠求歡，而是要以充滿男子雄風的暴行來征服她的邏輯。

「你來得正好，來玩相撲如何！」陸藍珠拍拍手掌招他過來，自己則彎下腰，手臂向前，兩膝微蹲，做出準備姿勢。

柳實愣了一下，這女子到底是哪裡不正常？現在是深夜時分，不但隨意讓男人進房，孤男寡女同處一室，已經起人疑竇了，玩相撲是什麼意思？相撲不是全身肥肉外露，只包裹住私處的男人糾纏在一起，最後倒在一塊兒？難道這是陸藍珠暗示自己將她制服，壓在底下嗎？柳實一想，不禁欣喜，兀自振奮起來，摩拳擦掌，加入遊戲。

「開始啦！」陸藍珠大喊便衝過來，抓住柳實的褲帶拉向前，柳實一個重心不穩，往前踉蹌了一步，陸藍珠順勢將他推倒，騎在他的背上，壓住他的臉貼在地毯上。

「快點，再起來！」陸藍珠喊。

陸藍珠拍掌跳起，柳實只好站起來，還沒站穩，陸藍珠又環住他的腰，這回他被仰臉一拉，脊椎似要折斷，四腳朝天地跌在地上。

「認眞點，別敷衍了事，」陸藍珠不耐煩地說。「這回要來眞的了。」

雖然百般困惑，不過，出於本能柳實還是迅速覺察出自己處於危險的境地，慌張地翻身站起迎敵。這次陸藍珠使出的並非相撲絕招，而是接近摔角的格鬥技，跳起剪住柳實的腰，將他側摔倒地。摔倒還無妨，但是落地時想要撐住身體的手腕好像折斷般劇痛，柳實齜牙咧嘴地鬼叫起來。

「怎麼？不行了？才只是熱身而已。」陸藍珠不滿地說。

柳實握住手腕，說不出話，此時若能耐住痛苦，做出無所謂的姿態，也是一種氣概，無奈柳實覺悟自己只是一介凡人，追求那些表面虛榮是沒有意義的。

「這麼晚你來做什麼？」陸藍珠這時才想起柳實深夜登門造訪的不尋常之處。這女人的反應眞慢啊！

柳實心中無限委屈，已無心跟她一較言語上的機智了，以孩童賭氣般的幼稚口吻，「像你這種喜怒無常，冷酷無情之人，必定沒有信仰吧！」柳實憤恨地說。

「我侍奉聖母瑪麗亞，每日念誦玫瑰經呢！」陸藍珠說，也不曉得是眞是假。

回頭看看楊軀這日又是回家向老父母伸手要錢，在父母家陪兩老吃完晚餐，正打算回住處，竟然巧遇多年不見的杜俊。

杜俊身邊帶著個女人，兩人摟摟抱抱的，必然是男女朋友關係，那女人身材高挑，臉蛋標緻，好似模特兒，楊軀見狀頗爲吃驚，這麼說來，以前懷疑杜俊有斷袖癖是冤枉他了，楊軀不禁感到羞愧，連忙表示當年並非刻意與杜俊斷絕往來，實在是自己肺病復發，到鄉下去靜養，家人爲恐影響病情，強迫他不得與友人連絡。

「我不知道你老家在鄉下，從沒聽你提起過。」杜俊說。「那麼現在病全好了？還有什麼後遺症麼？」

楊軀不知杜俊這話是否有諷刺之意，只是乾笑兩聲而不作答。

「既是肺病不是肝病，不影響喝酒作樂吧？一起去喝幾杯如何？多年不見，回想當年我倆暢談總是一發不可收拾，今日不如重溫舊夢吧！」杜俊爽朗地說。

楊軀一聽，百感交集，原本與杜俊那一段，被他以往事不堪回首的心情刻意塵封，現在想來或許是一場誤會，人世間爲何總是充滿令人哭笑不得的境遇，上天眞愛作弄人。

杜俊領楊軀至一間小酒吧，三人坐一小桌，各據一邊，成一個ㄇ字形，楊軀坐的位置正與杜俊的女友面對面，交談之中，楊軀無法不正視那女子。那女子皮膚光滑細緻，脫下外套後，裡頭穿著一件看來是高級質材製作的薄毛料衫，顏色柔和，從羊腿袖底下露出的一小截手臂，白皙乾淨，手腕與手指顯得楚楚可憐地纖細。至於那一對眼睛，清澈明亮，瑩瑩滾動，天花板上小盞小盞的鹵素燈光映在那雙泛著濕氣的眼眸，有如繁星閃耀。楊鰸看得入神，這是多麼冰清玉潔的女性啊！楊鰸此生尚未見過這樣貌美又尊貴高尚的女子。為何這樣的女子會跟杜俊在一起呢？楊鰸不免嫉妒，但隨即為自己這樣可鄙的胸襟感到羞恥。杜俊曾是自己極為重視的朋友，不，既然誤會澄清，現在杜俊也應仍是自己的朋友，朋友得此佳人為伴，不是該替他高興嗎？楊鰸心中難免苦澀。

說起來楊鰸自己，似乎從來沒什麼女人緣。中學時候曾經暗戀一兩個女孩子，但沒採取任何行動，楊鰸進了大學以後，課沒怎麼上，倒是成天看另幾個同學借來的色情書籍打發時間，因此與異性之間的關係，他所了解的便集中在性這回事上。一想到性交，他腦子裡想的不是女人的裸體，卻是自己的裸體。因為自小在家教嚴格的家庭成長，裸體對他而言竟然彷彿一種非自然的表演。因為期待這種表演，他希望藉由每日慢跑和做伏地挺身、仰臥起坐等運動來練就健美的身材，但是他生性疏懶已經無庸置疑，一時興起非常勤快，但不消幾日就輕易放棄了。減少食量這件事對他來說也十分痛苦，常常連十分鐘的飢餓都不能忍耐，洗澡的時候，坐在浴缸裡低頭看到肚子上那一圈肥肉，就悲從中來，乾脆自暴自棄地大吃特吃，過一陣子又強自振奮，如此循環不絕，一絲贅肉也沒有減少。

一般男人對女人的肉體喜好品頭論足，故作挑剔，對自己肉體的醜陋缺陷卻渾然不覺，或不以爲意，爲何楊鰸卻有此執念？在獲得理想的肉體外觀之前，無法面對與女人性交這回事，不過是找尋一個藉口逃避男女短兵相接的關係，是潛意識裡莫名其妙的自卑作祟。因此楊鰸至今抱持童子之身。

楊鰸酒量極差，才一杯烈酒下肚，已經昏昏欲睡，杜俊便叫啤酒來，三人喝完一瓶，楊鰸已顧不得失態，趴在桌上。

耳邊似乎隱約聽到杜俊和女友談笑的聲音，卻不知他兩人在講些什麼。也不知過了多少時間，杜俊搖晃他的肩膀。「老弟，快起來，今日的話題還未開始哪！怎麼就睡死了？」

楊鰸雖想回應，但酣然之感使他一動也不想動。不一會兒，桌子底下，杜俊伸過來的手正在捏弄他的下體。「這樣還是沒感覺嗎？」杜俊帶著譏嘲的聲音。

楊鰸心中一驚，但瞬間又遲鈍起來，腦中像是被又濃又稠的整塊喉痰蓋住一樣，杜俊沒鬆手，又使勁摸搓起他的睪丸來了。楊鰸暗暗哀叫一聲，卻乏力起來制止杜俊，轉念乾脆假想成是杜俊的女友，那位容貌脫俗的女子正在撫弄自己的下體好了。雖然以一般常理邏輯來想，女性斷然不可能動作如此粗俗不雅，即便眞的不顧羞怯加以狎玩，也應該是充滿愛意的溫存輕柔才是，然而此時顧不得那麼許多，就當作那女子表面貞淑保守，內心洶湧著放蕩的熱情，情不自禁做出粗暴凶猛的邪淫舉止好了。楊軀集中心力將杜俊的手想像成那女子，因爲無力反抗杜俊，竟然如此自暴自棄，沉淪到這般墮落地步，楊軀不禁悲嘆。

自己究竟是如何返家的，楊軀已無印象，模糊的記憶中後來又喝了不少酒，落得爛醉如泥，醒過來是被雷聲驚擾的，一睜開眼發現自己竟然赤身露體與少女相偕躺在床上，轉過臉一瞧，少女也是全身一絲不掛。

難道自己酒後亂性，玷污了神人？

楊軀倏忽坐起來，酒醒了大半，少女睡得如同死豬般鼾聲如雷，看不出先前發生何事，就算把她叫醒，也問不出名堂的，畢竟她是白癡。不不不！楊軀猛力搖頭，怎可把神人說是白癡。楊軀把被單掀起，底下的榻榻米床墊本來就是發黑泛黃，霉漬污斑點點，也無法察覺有何異樣端倪，少女若本是處女，與自己交合的話，或許有落紅爲證，可少女也可能不是處女之身，自己倒是處男，處男破身爲何不留下什麼明顯的記號供人辨認呢？眞是惱人。

楊軀恐自己犯下滔天大錯，恨不得立刻上吊自殺，但繼而一想，自己染指神人，也是酒醉喪失神志幹下的無意識行爲，嚴格說來，不算出於他本身的意志，就法律上來說，精神病患若是殺人，不也無罪嗎？自己因爲喝得糊裡糊塗，靈魂脫竅，就跟精神病或弱智者差不多，從情理法上來說，辯護自己是無罪的都不算強詞奪理。

外頭雷聲大作，楊鰻心想不如把這審判交給天意，現在衝到外頭的雷雨當中，倘使被雷電殛死，那就表示天意認爲自己所犯的錯誤確實不可饒恕，若是沒死，就表示連上天也認爲不可怪罪於他。關於少女的神人身分這回事，據他三人的結論，其神性不也是來自雷電嗎？這雷電正是神意聖傳的管道，在雷雨中不死，這無罪判決之意可說是十足充分的。怎麼想便怎麼覺得自己的結論頭頭是道，楊鰻即刻準備衝出戶外，然而即使是如此刻不容緩之事，出門之時楊鰻仍注意到自己以裸體之姿奔出戶外，不啻是妨礙風化的行爲。然而這一瞬間楊鰻心頭浮上一絲悲哀，人生在世，難道沒有一件事不受制於世俗的種種荒誕滑稽嗎？他取出最好的一件襯衫穿上，打好領帶，扣上皮帶之時，思及皮帶的金屬扣環有導電之虞，又取了下來。穿戴妥當，又想到睡夢中的少女也是裸體，若在自己外出之時，其他兩人進來，會有如何感想？倘使上天有意寬恕他，那二人難道有權給他再來一次審判？要是交由他兩人裁決，必然不把他那套神經病無罪的說辭當一回事，想到連上天的定讞他倆都想反駁，簡直過分妄自尊大，令人生氣，這麼一想，他感到忿忿不平，既然如此，不如瞞著他兩人自己幹下這件傷天害理的事情，他若給雷擊斃，死了也乾脆，若是沒死，這事就該當作沒發生。於是楊軀又費了一番工夫，替少女穿上衣服。

耽誤了這麼一段時間，眼看雨勢雖然還很大，雷電卻已經停了，楊軀鬆了一口氣，趕忙跑出院子，跪在濕地上，靜待上天發落。

傅榮章這時回來，見楊軀的異行，十分驚訝。「你這是在做什麼？」傅榮章問。

楊軀這時已知天意，心中十分輕鬆，漫不經心地回答只是日常的祈禱，便進屋去了。

柳實回到住處，已經是凌晨四時了，一開門就見到那少女坐在院子裡發愣，楊軀和傅榮章都睡了，四下一片寂靜，柳實見到月光映照下少女的臉有如雕像一般潔白無瑕，泛著難以形容的透明顏色。果然是神人！柳實撫著激烈跳動的心臟，盯著少女的臉看，世間竟有這般奇蹟！

就這樣僵持了數分鐘，少女打了一個嗝，轉過臉來癡呆地望著柳實，又恢復了低能的模樣。

柳實茫然地走進房間。難道說，眞的是天啓嗎？但這又暗示著什麼呢？柳實在床上輾轉反側，一整夜睡不安穩，一睡著便胡亂作夢，然後又慌張驚醒，反覆如此。

打從那日以後，楊軀和柳實對少女各懷一番心思。楊軀相信至目前爲止他還平安健在，要麼就是他與少女之間是清白的，什麼事也沒發生，要麼就是他雖與少女有了肌膚之親，但上天並未處罰他，這表示他與少女的結合是被默許的，不，說不定他與少女是注定要結合的。不過，後者令他惴惴不安，這種想法會不會太自以為是了一點？話說回來，如果自己眞是背負某種能夠改變世界的不凡使命的人，而上天又安排神人降臨在他眼前，總要發生點什麼不尋常的事情吧？可是，要眞如此，與神人結合究竟是什麼滋味，一點印象也沒有，總覺得十分遺憾，畢竟那可是他的第一次呀！這麼一想，又覺得未免太過齷齪。總之，種種矛盾的心情外人難以體會。

柳實一直視楊軀執意認為少女為神人的舉止荒誕幼稚，表面上不當一回事，像是任由楊軀玩他的家家酒，偶爾也開玩笑地加入，做出把少女看作神人的模樣，但少女眞是神人的可能性也偶爾會漫不經心地躍然而至。少女看來雖是智能不足，從另一個角度來看，卻是純眞的寫照，若說少女是神人，以白癡的姿態降臨，正可說是無垢的象徵吧？這麼想通後，柳實便感心酸，少女的純眞無邪，不正反映出自己心靈的殘缺嗎？這實在是太殘酷了，柳實感到自己內心竟是如此柔軟脆弱，便興起對自身的一股憐惜之意。

這幾日屋裡不知為何有許多小飛蟲，平時這種小飛蟲在浴室裡便司空見慣，但最近數量倒眞多到驚人，屋子裡隨處可見，而這種飛蟲極其愚鈍，毫無警覺性，若是棲息在椅子上，人一屁股坐下去都渾然不知死期將至，柳實見少女坐在地上，張開嘴噗啊噗地朝飛蟲吐口水，樂不可支，到後來也不是在噴飛蟲了，上癮一般嘴邊滿是口水泡沫噗唧噗唧個不停，噁心至極。

「混蛋！這是什麼意思？是在嘲笑我嗎？」

柳實懷疑少女是在攻擊自己心靈的殘缺，不禁憤怒起來。此刻柳實的潛意識裡，有一半把少女當作普通的低能兒而感到厭惡，有一半卻認為表面上少女做出噁心的白癡姿態，事實上另有一神志清明的臉孔躲在背後凝視著自己，冷笑著說他柳實就跟那蠢魯卑賤的飛蟲沒有兩樣。

柳實忍無可忍，跳起來衝向少女，將她壓在地上，雙手勒住她的脖子。「可惡，你是什麼人？連你也藐視我嗎？笑什麼？下地獄去吧！」

少女抓著柳實的手，雙腳亂踢，柳實漲紅了臉，死也不放手。楊鰮本在房間裡睡午覺，被客廳裡的騷動驚醒，跑出房間一看，嚇了一大跳，慌張地上前阻止柳實。

晚上楊鰮和柳實一起去夜市吃東西，兩人從下午那事以來，一句話都沒說。

忽然柳實開了口，「實不相瞞，咱住的這房子，裡頭的房間無一不是木板隔間嗎？我在牆壁上打了一孔，用來偷窺客房裡的動靜……」

「什麼？這般下流之事你也做得出來？」楊鱷大驚。

「你怎麼能這樣說，」柳實不無受傷的表情，「既然是神人，一舉一動莫不該是向世人揭現的暗喻嗎？我只是不想錯漏神人的提示罷了。」

楊鱷愣了一下，一時半刻竟無從反駁這番謬論，這是因爲他對與少女發生那回事有著迷惑的心虛的緣故，若是被柳實知道他侵犯了少女，不知會引發什麼亂子，柳實這人挺不老實，既然一心想拍年輕女子的裸照，難不保想動神人的主意。何況，對於自己與少女所發生的曖昧關係（當然，這是在假設兩人眞的發生關係的前提下）並非世俗之人所想的那種關係，而是一種性靈的交流，這種深奧的意境是無法與柳實那種欠缺悟性，毫無靈性修爲的人言明的。

柳實見楊鱷沉默，非但沒因此氣焰高漲起來，反而也陷入沉思。方才理直氣壯地說的那番話，分明一聽便是強詞奪理，但也確實是柳實的想法，如今不弄清楚少女是神是人，似乎就坐立難安，這幾日來柳實也無心想他那些裸體照片了，倒是打算趁哪日傳榮章和楊鱷不在時，拍些神人的照片，再來仔細琢磨一番。麻煩的是，這一屋子人全是些百無聊賴、遊手好閒之徒，竟日待在屋內啥事也不幹，只是混日子而已，要想那二人同時離開一段時間，也不知要等到何時。

其實柳實尙未注意到，雖不明顯，但傅榮章外出的頻率也慢慢增加了。

傅榮章自從離開學校以後，曾經試過其他幾所學校，也教過補習班，但時間都不長，漸漸對教書意興闌珊，放高利貸的生意搞砸了以後，一面四處躲債，一面也還是到處借錢度日，能找的熟人都找遍了以後，也到過好幾個地方求職，不是預支薪水就是跟同事老闆借錢，此後人就消失了。傅榮章自己不覺得借錢不還等同於詐騙，他是眞心認爲自己有一天會還錢，只是如何還錢倒沒想過。

前些日子一位借錢給傅榮章的女子，看不下眼傅榮章這樣借錢度日（何況人世間傅榮章所能找的人幾乎都借遍了），本著一片善心，介紹傅榮章推銷兒童繪本的工作。如果是拉保險、推銷靈骨塔、橡膠床墊、開飲機這些東西，他是斷然不會去做的，他自認不管落魄到什麼地步，多少還得保有點格調在。至於推銷兒童繪本，被他歸類爲文化事業，算是一種回饋社會的善行，當然，關鍵的原因是介紹他這份工作的，是一位貌美的婦人，這位婦人的丈夫是個有頭有臉的企業人物，在政治方面的關係似乎也頗佳，她本身衣食無缺，對慈善事業非常熱心，爲人溫柔敦厚，說起話來不厭其煩，腦子裡只有兒童、窮人和殘障人士，別的沒了。傅榮章對她倒是沒弄上手過，他對醜女發動攻勢可說百發百中，可是與美女卻只能說是天生無緣。人生在世，有一得必有一失，由於傅榮章天生對醜女有一種莫名的吸引力，若是他對肉體慾望有克制的能力，當然，這等於是對抗人天性裡的弱點，必須以強大的毅力鍛鍊才能造就，總之，缺乏對醜女投懷送抱的抵抗，以至於無暇去想追求美女的奧妙到底在哪裡了。

因爲推銷兒童繪本，使他有幸結交不少的主婦，這當中敬重風趣、人生閱歷豐富、英俊有才華的男子，且作風開放、不避諱在丈夫小孩不在家中時來上一段香冶風流的自然大有人在。此時傅榮章與一位中年婦人剛大戰過一回合躺在床上，那女人臉上汗濕淋漓，妝粉糊成一團，臉皮雖然鬆垮得厲害，卻也看得出來年輕時有些姿色，算是條件好的了。先前傅榮章正跟她大談兒童性教育，她兩個小孩，一個小學一年級，正在學校裡上課，另一個五歲，本應該去幼稚園，今天因爲醒來時說肚子不舒服，正在房間裡睡覺。

「像你這麼有才華的人，竟然困在如此小的格局中，也算是時代的錯誤。」那婦人臉肉貼著傅榮章的肩膀，抬著眼睛瞅著傅榮章的下巴，一隻手玩弄著傅榮章乳頭上的一顆黑痣，幽幽地嘆息著。

「別人看我或許以爲我這個人必然抱著懷才不遇的積憤，其實，我不是胸襟那樣窄小的人，在我看來，錢財若是身外之物，才華也不過是身外之物，人生在世，不過百年，說長不長，說短不短，如果切割成一小塊一小塊片段，也就是無窮盡個片段的組合，重要的是品嘗每一個片段的味道。我啊，是曾經享受過那些片段裡的美好的人，這是藉由不尋常的智慧去洞察人生而得到的，可不是每個人都辦得到的，那是一種無可言喻的喜悅。我所困擾的就是那些美妙停留的時間太短了，跟隨它們所依附的那個人生的片段這樣流逝了，現在的我，最想知道的就是，到底要怎樣才能讓那些美妙留下印記呢？我畢竟還是平凡之人，無法阻止潮水湧上沙灘，抹去那些足跡啊！」

很明顯的，這就是傅榮章的老毛病又犯了起來，打算開始莫名其妙的長篇大論了。楊軀這些日子感到不知名地輕鬆愉快，一時還未察覺是什麼原因，這是因爲他的腦子被自己的煩惱占據了大半，不久他也會明白這種清爽起於傅榮章向他發表高論的次數減少了許多，那是因爲白天他同女人已經大放厥詞了一回合，回家後這種興致就像流失的汗水一樣，所剩無幾了。

「我雖不能完全明白你所說的，但也感受到你與一般人不同。普通人一但從些芝麻瑣事得到什麼心得，便大肆宣揚自己覺悟的喜樂，沒多久又故態復萌。還有，樓上那戶人家，那女人不知她家菲傭肚子裡懷的正是她老公的孩子，還以爲是水電工的，這不是很可笑嗎？我告訴她晴天帶傘出門肯定會把傘弄丟，她卻執意如此，果然吧！才不過前一天說的事，馬上就發生了，這不是愚昧是什麼？」

傅榮章覺得跟這個女人講話乏味至極，彷彿將彩虹般耀眼的珍奇寶石慷慨地丟出去卻換回黃豆渣一樣。既然如此，口說不如行動，便提議再來雲雨一回合。婦人聽了先是故作姿態賣弄嬌羞，接著想起現實上沒那麼多從容夠她擺這種無謂的矯情，便抓緊時間迎合男人。傅榮章眼見這女人才露出一副矜持的蠢樣，瞬間又想起什麼似的完全投入，感到既可笑又厭惡。不幸的是儘管心理上再怎麼自大於眼前的醜婦，生理上卻從來不造成任何障礙。

正當兩人氣喘如牛忘我燕好之時，傅榮章不經意一轉臉，瞧見房門外似乎有人影，仔細一看，是婦人那五歲小兒正在偷看。

傅榮章沒吭氣，仍舊辦事，婦人在自個兒呻吟嚎叫間刻，聽到小兒啼哭聲，慌張地推開傅榮章，光著身子便跳下床去。待那婦人把小兒趕回房，神色倉皇地催趕傅榮章離開。傅榮章嘴上沒說什麼，內心十分不悅，那小兒明明看到兩人性愛的場面興味盎然，見了他母親卻又裝作純眞，好似受傷一般撒嬌威脅，不過是五歲小兒，就如此狡猾地惺惺作態，不怪世道江河日下。

傅榮章一回家，發現已經有人等在那裡，正是多日以來一直在催討債務的那群人。

傅榮章本想逃跑，轉念之間卻開了門，讓那些人進到屋內。

總共有五人，爲首的是一個年紀大概三十六、七歲的男人，皮膚浮腫，梳著油頭，眉毛修得很整齊，身上穿著質材良好、樣式新潮的暗色外套。那人逕自在屋內到處走動察看，傅榮章雖不滿，倒也沒說什麼。那人將整間屋子瀏覽完畢，回客廳坐下，談起欠債還錢之事，傅榮章知道這種人一開始都是擺出文雅且富耐心的態度，這大約是討債人的一種趣味。正當此時，少女不知從哪兒躍出來，剛才究竟躲在哪裡呢？現在卻好似青蛙跳的模樣，嘻皮笑臉地撲到那討債人的身上。

少女拉著討債人的臉皮，那人便瞪著傅榮章。

「你可把她帶走，拿去變賣什麼的，多少抵償一些債務。」傅榮章說。

「你在拿我們尋開心吧？」

「我一點也沒有愚弄你的意思，你若把她帶走，我不會加以攔阻，更不會報警。」

那人板起臉來，「我等又不是禽獸，怎會去做如此無聊的事情。我問你正經的，這個小鬼是誰？」

「我的學生從外頭撿回來的低能兒。」傅榮章老實說。

「沒想到這時候你還有心情說笑。」

「我沒跟你說笑，這女孩是貨眞價實的白癡，不信你可試她一試。」

少女本來就是人來瘋，一見屋子裡來了那麼多人，拍手尖叫，好像興奮已經到了無法負荷的程度一樣，還抽起筋來。

「這裡還有誰跟你一起？」

「我和我的學生，另外還有一名男子，是我學生以前的同學。」

「我明白了，你們見這瘋女無力自保，便三人欺負這一弱女，把她拘禁在此，作爲洩慾的工具吧？」

「開什麼玩笑，」傅榮章大怒，「也只有你這種齷齪之人才有如此骯髒的想法。方才你說你等不是禽獸，我看是比禽獸還不如。」

別的事情傅榮章不一定有把握，但口舌辯論他有自信天下無敵，關於誰是禽獸這個話題，傅榮章輕易便占上風，那油頭討債人惱羞成怒，已無閒情逸致再裝作溫文爾雅的上流派頭了，像使性子發怒的孩子一樣開始信手胡抓起東西亂砸，後頭那四個跟班的有樣學樣。這間屋子裡上得了檯面的東西寥寥無幾，擺得雜亂無章的廢物倒是一大堆，那油頭見手下砸得痛快，上癮一般一發不可收拾，忽然心生厭惡，打了其中一個耳光。傅榮章冷笑，那人便眞光火了，想起有正事要辦，抓住傅榮章的衣領把他痛揍了一頓，索性還亮出刀子來。

傅榮章被打得滿嘴鮮血，想來肋骨說不定也斷了幾根，竟然還能滿屋亂逃，那人追在後面揮舞刀子，只要傅榮章腳一停，便撲上去亂刺一通，連傅榮章自己都還沒弄清楚發生了什麼事，就被砍斷了兩、三根手指，昏了過去。倒地的瞬間，眼前似乎看到了過去的種種情景，這大約就是人家說的死前會回顧一生吧！就是因爲這樣，傅榮章斷定自己將死。

待傅榮章醒轉過來，已經置身醫院中，是楊鰸送他過來的，楊鰸回家時見屋內一片狼籍，老師倒在血泊中，嚇了一大跳。傅榮章質問楊鰸爲何沒將他被砍斷的手指帶來，以現在的醫學技術，要接回那三根手指應該不難。楊鰸回答顯然事發當時一場惡鬥兵荒馬亂，手指在地上早已被踩爛，回天乏術。傅榮章一聽沉吟了一聲，面色戚然。其實楊鰸根本沒注意到什麼手指的事，現場的景況也不說多麼駭人，老師又命在旦夕，哪裡會顧及此種細節，壓根就沒發現老師斷指之事。他提醒自己回去得往地上找找那掉落的手指趕緊丟了以免老師回家後發現。

「啊，對啦！那些黑道之人將少女挾持走了，留下字條，要老師您以債款交換。」楊鰸說。

傅榮章眼睛一亮，好似想起眞相一般，侃侃而談自己就是因爲勇救少女而負傷，當時他以一擋五，爲免黑道惡人欺凌少女，他不顧自身安危，心想就算犧牲生命也在所不惜。

楊鰸是不明白老師何時變得如此慷慨正義，但相較於自己酒醉染指神人，老師竟豁出性命以保全少女，弄到負傷累累，還失去三根手指，損失不可謂不大，平時他雖善拍馬屁頌揚老師的人品才情，其實都是虛情假意，現在發現老師確實擁有高貴的情操，而自己才是心口不一、只會唱高調的犬儒之人，不禁自慚形穢，羞愧萬分，這種衝擊可說前所未有。

沉醉在自己的英雄事蹟中（看來他自己也相信了這個版本），擺在眼前的當務之急是少女被擄走之事，回到這個現實，傅榮章突然神情一變，閉上眼睛，露出經過這番波折自己已經蒼老許多的神情。「既然是神人，應該自己有辦法脫身。」他說，「如今仔細想想，她是神人這件事已經是不容置疑的了，用神人交換這筆債務，那些傢伙眞算是賺了一筆。」

傅榮章不待傷勢痊癒便溜出醫院，爲了怕又被討債之人毆打，也未再回楊鰸住處。

柳實先前拍的少女的照片，沖洗出來的結果全都曝光，僅有一張能看到少女隱約的輪廓，也是曝光過度的照片，少女全身籠罩在白光之中，身後的光暈恍如一對翅膀。柳實當下有種想哭的衝動，是該振作起來的時候了！柳實頓時驚覺自己的過去實是一片荒唐，與少女的相遇，可說是偶然，也可說是命定，這是他柳實煥然一新的契機。柳實心情愉快，感覺許久未如此神清氣爽，通體舒泰，腦筋睿智了。沒錯，是該振作起來了。

然而，爲什麼是該振作的時候了，以及振作起來要做什麼呢？卻一點也沒想到。

# 上海迷宮行

服務生是不是曾說要去夜總會跳舞？這麼說，沒有人會來救我了。聽說開棺撿骨的時候，常常看到棺材蓋上面淨是指甲抓痕，那是因為裡頭睡著的死人其實沒死，醒來，因為呼吸困難而瘋狂地抓著棺材板。為了求生，那樣發狂地抓。

那個時候，我們知道戰爭隔日就會開始，這次的戰爭非同小可，無論骰子怎麼擲，加起來都是末日的數字7。直到第七個7出現，我們便決定徹底大肆狂歡，全都喝它個爛醉，並且服用興奮劑。當恐懼和不安都被轉化成豎起所有毛髮的感官敏銳，我們陷入熱病高燒的瘋狂。只要還有一絲沉著的神經醒著，就會有一扇復活之門未上鎖，我們要把那道路截斷，一邊不停地旋轉，等著癡呆的腦子完全癱瘓，乾杯到是酒還是嘔吐物也分不清，撕咬到是血還是黏液也分不清。等我們都醉死以後便不會醒來了，那些馬衝進來把我們踩爛的時候，我們會指著那幻覺笑鬧，一邊踉蹌地想要拾撿地上的頭。

可誰曉得，我竟然醒了，我沒死，全世界的人都死了，末日趁我熟睡的時候，他媽的不知不覺已經降臨過了。

## 1

懸在窗櫺的小銅鈴被風吹動發出叮叮叮的聲音。稀薄又清脆分明的叮叮叮，叮叮叮，如透明的絲線般飄過來，那聲音冰涼的溫度在某個瞬間形成霧夜包圍的幻覺，好像霧的彼方有召喚亡魂的隊伍正在緩緩拖曳通過。

然而事實上現在既非黑夜，太陽還曬得人懶洋洋的，霧氣沒有，倒有從地面浮起的燠熱蒸汽。傾斜的招牌危顛顛地搖晃著，油漆剝落了大半。從那底下走過的人們仍然好整以暇，緩步穿過。原先必然色澤奪目、俗麗乖張的各式招牌依附在建築物上雜亂交疊恍如亂葬崗。

街道兩旁零星有些擺攤的，賣水果或鮮花菸草，玉石或首飾。有個擺攤賣羚羊頭骨的，一具具大小不一的羚羊頭骨擱在油布上，瞪著只剩下兩個窟窿的大眼，碩大的羚羊角美麗地蜷曲著。一個婦人懷裡抱著嬰孩跺過來。

「真的是死羚羊？不會是石膏做的假東西吧？」婦人問。

「多好看，你瞧這角。」小販說。「美麗的東西，你說是真的還是假的呢？」

婦人笑一笑。「除了羚羊頭骨，還賣什麼別的？」

「犛牛的頭骨，駱馬的頭骨，還有獒犬、熊貓和大灰鼠，要什麼有什麼，只是那些頭顱不好看，擺出來也沒人買。」

「有沒有賣嬰兒頭骨？」

「你那小孩頸子上不正有一副？」那小販嘻皮笑臉地說。

婦人一下子沒會意過來，一會兒才白了小販一眼，裝作無事輕擺著屁股走開。

對街那邊傳過來一股濃濃的油膩香味，平底大煎鍋上鋪著淋上蛋汁的麵餅。肥大的蒼蠅在煎鍋上頭嗡嗡飛著，賣餅的爲煎餅灑上蔥花，倒上醬油和醋。

剛從計程車上下來的女人，不疾不徐地撐開洋傘來遮陽，突然她轉過身追著揚塵而去的計程車大喊。

「喂，我的行李！停下來，我的行李還沒拿呀。」計程車遠去了，女人的腳步慢下來。走回煎餅攤前面，女人站了一會兒，盯著煎鍋上經年累月堆積的瀝青一般的油污，上頭全是包裹著蒼蠅屍體的凹凸疙瘩。

女人最終還是決定買一個來吃。

裝在塑膠袋裡頭的煎餅十分燙手，女人慌亂地交換著撐著洋傘和拿煎餅的兩手。站到屋簷的陰影底下，女人將傘擱在地上，咬了一口煎餅。小小一口，很遲緩地在嘴裡嚼了幾下，臉上僅是呆滯的表情。嘴部的動作停頓了一、兩秒，又繼續嚼，看不出究竟嚥下去了沒有。一會兒，女人吐了出來。蹲在水溝邊斷斷續續地乾嘔著。

路口轉角有一間高樓，是家飯店，那是女人要找的地方。

推開黃色的玻璃門。撲面而來一股霉味，這種旅館特有的味道，很討女人喜歡。大廳裡擺著兩張藤製沙發，上頭是繡著金色龍鳳圖案的褪色絲絨椅墊。沒有半個人。櫃檯後頭也不見服務生。女人走近櫃檯，望著牆上掛著的分別指著各大城市時間的六個時鐘。

女人盯著鐘看，但是彷彿腦子裡的視覺區與神經失了聯繫，好半天女人只是茫然。

突然間，一種類似咳嗽的雜音從女人身後傳來，女人嚇了一跳轉過臉。

那其實不是人的喉嚨發出的聲音，而是機械所發出的。從塗上金漆的柱子後面，走出一個年輕女子，她手裡拿著一個小錄音機，從那裡頭傳出錄音品質非常拙劣的錄音。

那女子剃掉了眉毛，在比眉毛還高的位置用炭筆塗了兩道彎曲的黑線，頭髮上塗了厚厚的髮膏，那髮膏味道還不難聞，是夜來香的味道，短髮整齊地貼在耳後，身上穿著高領旗袍式樣的制服。

「你聽得出來這是誰的聲音嗎？」那女服務生說。

女人這才聽出錄音機裡播放的是一個女子跟著唱片音樂合唱的歌聲，嗓音很粗，卻用力壓扁拔尖，像是被人掐緊了喉嚨唱出的臨死之歌。

「是我。」女服務生笑一笑。「你知道過去的女人都這麼唱歌，像貓一樣。」

女人感到十分困惑，女服務生指的是即將被殺的貓的嚎叫？還是發春的貓求偶的哭聲？

「是一隻甜美的波斯貓，有柔軟的長毛，藍色寶石般的眼睛能放出蠱惑人的魔力。」女服務生擠出一種俗豔的笑容。「你能瞭解我所說的嗎？」

女人想起那些從古老的留聲機傳出來的音樂。

「有沒有空的房間？」女人問。

服務生收起笑容。「全都客滿了。」

「客滿了？」女人重複。

「到別的地方去找吧。」

「一間空房都沒有？」女人嘆了口氣。忽然間，想起了什麼。

「我想找一個人，你給我查查，說不定他現在正住在這裡。」

女人在紙上寫下一個名字。

「他是你什麼人？」服務生露出狡猾的笑容。

「你看見那邊那個男人沒有？」服務生的眼光向大廳的方向一瞟。

女人這才發現鋪著暗紅地毯的階梯上，有個瘦瘦的男人坐著，雙手放在膝蓋上，頭倚著鏽斑點點的雕花欄杆。

「那個人在等他的妻子。」服務生說。「住在這裡好久了，少說也有好幾年。就是有你們這種人，旅館才始終空不出房間來。」

服務生翻開名冊。「沒有你要找的人。」

啪地合上冊子，突然又打開。

「對啦，這裡有個房間你或許可以暫住。」服務生說。「有個歌舞團訂的房間，但是他們在上一站的表演延誤了，要晚一個星期過來。你打算住多久？一個星期夠不？」

女人望著服務生往上揚的右眉毛，那其實不是她的眉毛，她的眉毛已經全剃掉了，往上拱起的是眉骨上方的肌肉，和塗在那塊肉上的半圓黑線。

「話說在前頭，如果歌舞團提早來了，你可要把房間讓出來。」服務生說，把一張單子抽出來遞給女人塡寫。

服務生低下頭靠過來瞅她寫什麼，一股夜來香的髮油味飄過來。

「我看你是從外地來的，你的行李呢？」

「掉在計程車上。」

「是碰上強盜吧？那強盜沒姦污你？你衣服也沒破，身上沒髒也沒傷，什麼抵抗都沒有吧？」

服務生臉上的笑容顯得十分曖昧。

「待在這裡嘛，不需要強盜搶你姦污你，久了你也會變破變髒。」

服務生把鑰匙遞給女人。「上二樓搭電梯。」她說，然後又按下錄音機的開關。

女人一聽到那刺耳的歌聲，忍不住把耳朵摀起來。服務生在她身後格格笑起來。

走上階梯，打坐在那裡等著妻子歸來的男人身邊經過，女人聞到一股尿臊味，順著男人的眼光看過去，夕陽透過黃色玻璃門糊糊地映在地上。女人忽然有種想法，也許這男人其實是個瞎子，就是因爲眼睛看不見，所以才能耐心地，經年累月地，坐在這階梯上等。不管外頭是晴天也好，颳風起雨也好，是白天或早上，假日或末日，對他而言都是一樣。即使妻子眞的推開那扇掉漆的門走進來，他也無從辨認。

房間在十三樓，女人鎖上了門，進浴室洗了一把臉，躺在床上呆了幾分鐘，這才發現這房間沒有窗子。女人有幽閉恐懼症，如果是平時，她一定會要求換房間，但是此刻別無選擇。

S市比自己想像的大許多，那個人究竟會出現在什麼地方，她無從知道。只是聽憑直覺尋找落腳的地方。

眞的會在這裡遇見那個人嗎？問題是，那個人眞的曾經說過要來S市嗎？也或許那只是自己的錯覺。

有人咚咚咚地敲門。

「誰?」

「是我。」外頭的聲音喊。

我,我又是誰?

外頭的人逕自用鑰匙開了門進來,是那穿旗袍的女服務生。

「二樓有餐廳,但是外面吃便宜得多。」服務生說。「晚上要不要跳舞?對面有家夜總會挺不錯,放的音樂都是最受歡迎的。外國人都去那裡跳舞。」

女人沒說話。

「你不喜歡跳舞?對了,你的行李丟了,你身上穿的衣服太髒,的確不適合去夜總會。」

「我累了,想休息。」

「去買一套新的吧?我覺得你適合穿橘子色的服裝。別問我爲什麼,這是我的直覺。你現在穿的白色衣服不適合你,你不該穿白色,你穿白色像鬼,但你不是鬼。」

女服務生說到這兒,忽然格格笑起來。那奇怪的聲音和表情令人感到十分難受。

「我想睡了,你先走吧。」女人說。

「想去的話,跟我說一聲。」服務生帶上門,馬上又打開探出頭。

「晚上門窗得關好，小心爲上。」一會兒她又笑。「我忘了你這間沒窗。」

服務生一走，女人跳起來，把門栓拴上。

躺回床上，女人把床頭燈關上，也許是過於疲累，轉眼間就睡著了。

醒過來的時候，覺得全身痠痛，特別是脖子，幾乎無法動彈。女人睜開眼睛，發現什麼也看不見。這房間裡沒有光，是完全的黑暗。完全。

我到底醒來了沒有？女人感到驚恐。

背部從脊椎尾端開始有一股微熱向上爬升，然後呈放射狀散開來。手心也冒起汗。腋下也濕了吧？用手背往腋下抹了一下，拿到鼻子前聞聞，淡淡的酸味，還不至於太臭。

因爲恐慌，女人一點也不敢動彈。沒有光，覺得連空氣也逐漸稀薄起來，呼吸感到困難。

空氣快要不夠了。

背部似乎越來越熱，到底有沒有開空調呢？也許應該叫服務生。

爲什麼這麼大的飯店裡，卻只見到一個服務生呢？

手掌和腳掌有點痲痲的感覺，很像數千隻螞蟻在爬，在啃噬。

女人把雙手舉到眼前，但什麼也看不見。也許眞的有螞蟻，密密痲痲的螞蟻和蛆，爬在我的手心。女人這麼想著，突然想尖叫起來。

服務生是不是曾說要去夜總會跳舞？女人感到絕望。這麼說，沒有人會來救我了。窒息而死的感覺很痛苦吧？聽說開棺撿骨的時候，常常看到棺材蓋上面淨是指甲抓痕，那是因爲裡頭睡著的死人其實沒死，醒了過來，因爲呼吸困難而瘋狂地抓著棺材板。爲了求生，那樣發狂地抓，沒工夫顧著指甲斷了的疼痛，女人很怕疼，想著便倒抽一口氣。

嘴巴張開，想發出聲音，但是卻發不出來。

每當發生這種情形，女人就知道自己在作夢。

我在作夢嗎？有人說。

女人發現那是自己的聲音。但是她一點也不覺得。明確一點的說法，女人覺得自己在這空間的某一處，一個不明的角落，發出了聲音。

全然的黑暗應該是不可能存在的。從門縫底下，或者哪裡，一定有光透過來，即使再微弱，也足夠黑暗裡的瞳孔看見物體朦朧的光影。

全然的黑暗，一定是虛構的。

坐在階梯上那個等待著妻子歸來的男人，目無焦點地望著玻璃門。他可能是個瞎子。

女人突然害怕起自己也瞎了。服務生什麼時候下了藥，讓她瞎眼。但她從走進這家旅館到現在，可什麼也沒吃過，什麼也沒喝過。

嘴裡頭乾燥的感覺更強烈了。因爲口渴而不停地嚥下唾液，但唾液又黏又臭。

這旅館的隔壁，就是一家做壽衣的店鋪。事實上，來這裡一路上發現了好幾間。爲何滿街是做壽衣的店鋪呢？人死了以後，究竟身上穿的是死時的衣服，還是入殮時的衣服？

或許我該買件橘色的衣服，女人想。

一絲光線都進不來，那麼空氣也隔絕在外。房間裡一定聚滿了從肺裡呼出的廢氣，這些廢氣是有毒的。而乾淨的空氣不夠了。

脈搏的跳動增快，現在熱氣已經到達臉部了。女人覺得脖子有發脹的感覺。如果呼吸這麼急促的話，空氣會更不夠了。

因爲心急，眼角都流出眼淚了，女人發出低嗚聲，這聲音很像小女孩的啜泣。

我不要——

女人用力大喊。

她跳起來，往自認爲是門的方向衝過去，但是撞上牆壁讓她痛得在地上滾。她爬起來，在牆上摸索，彷彿花掉了一年的時間才找到那個門把，但是打不開門，然後她才想起還有門栓，胡亂地摸著門栓的位置。

打開門的一剎那，女人有一種崩潰的感覺。她維持那個開門的姿勢不動，凝固了一分鐘。

所謂的一分鐘，其實是完全無意義的形容。究竟呆立在那兒多長的時間，女人自己也不知道。以一分鐘來比喻，算長還是算短？在那一段時間裡，女人的腦筋是空白的。既然腦筋是空白的，也就不曉得究竟時間有多長了。也許呆立在那裡有一個鐘頭也說不定。

從腦筋空白的狀態回神過來，女人不知道該如何反應。是從死亡的黑暗裡奔逃而出的激動還是打開門以後面對的世界令人錯亂不得而知，眼前不可思議的景象有一個瞬間令她想要尖叫，或者哭泣，甚至大笑，但是隨即她卻以十分泰然的姿態倚門而立。

穿著棗紅色皮夾克的年輕女子從她跟前經過，嘴裡叼著一根菸，已經燒得很短，那女子把菸蒂扔在腳邊踩熄了，抬起頭，正好與女人的眼光碰個正著。

眼睛逐漸適應走道的燈光，剛才那亮得逼人的震懾力減低了，但仍然散發飽滿的能量。活像鬧市一般，人們在其間來來往往穿梭，拉出拖影的五彩顏色，香水和臭味的混合，從各個方向流竄而來的交談聲，砰砰砰一間間門打開又關上，混合著一種熟悉的頻率帶來的安全感和無以名狀的陌生。

「你一定要這樣跟著我嗎？我跟你說過了，你令我想吐。」一個戴著兔毛帽子，披斗蓬的女子對她身後的一個男人說。

走道上很溫暖，那女子爲何不脫下斗蓬呢？

跟在後頭的男子發現女人在看他，他轉過臉，又飛快地轉回去。

「請告訴我，我到底哪裡不對了呢？昨天不是也陪你去看演唱會，我手舉得高高的，一直搖著螢光棒，搖得我手好痠，也沒有抱怨過一句。今天我的手臂已經抬不起來了。」那男人說。

「快滾！」穿斗蓬的女子踢了那男人一腳。「看了就討厭。不要讓人看到你站在我身邊。」

「你怕別人看到？我懂了。我瞭解你的心情。但是，如果他們不想看，他們就什麼也看不到。」

「誰說的？」穿斗蓬的女子尖聲說。「眞是個不要臉的傢伙。」

一個頭上包著紅色條紋頭巾，披肩綴滿了銀色鱗片，穿著黑色上衣和縫著五彩絨球的紅裙的女孩和他們錯身而過。朝他們笑了笑。

「笑什麼笑？」穿斗蓬的女子打了這女孩一巴掌。「說呀！」

女孩張開嘴巴發出怪聲但沒有說話。她的舌頭被人剪掉了。

斜對面不遠，一個看起來差不多八、九歲的小女孩正在用鑰匙開門，但怎麼也打不開。一個老頭緊靠著站在她後面。

「你又去找他了，對不對？你又去找他。」老頭說。

「干你什麼事。」小女孩頭也沒回地說。

「我說過了，你不准去見他。你以爲我不知道你去見他做什麼？」

「你呢？又去賭博。錢都被你輸光啦！」

「我已經說過不賭了。」老頭說著，摸著小女孩的屁股。

「開什麼玩笑，從上船以後你就沒離開賭桌過……奇怪，是這支鑰匙沒錯，爲什麼打不開？」小女孩用力轉動著門把。

老頭用兩手捧著小女孩裙子底下的屁股，頭偎在她肩膀上。「快點快點，我等不及了。」

「你沒看到我正在開門嗎？」小女孩不耐煩地說。

女人移動腳步，靜靜地觀察這些在走道上來往的形形色色人們。從一扇半掩的門縫望進去，一個印度人以肚子爲底面積趴在地上，兩隻小腿掛在肩膀上。一個穿著學生制服的年輕女孩橫躺在他前面的地毯上，把話梅塞進嘴裡，拍手大笑。女人正瞇著一隻眼睛探頭瞧這裡頭的情景，冷不防肩膀被人扯住。女人驚駭地叫了一聲。

扯住女人肩膀衣服的手非常小，小得令人發毛，但抓扯的力量卻帶有不懷好意的蠻勁。女人轉過臉，看見一個高大的外國人的背影，一隻小猴子的臉從他的肩膀上探出來。

猴子！女人喃喃自語。

猴子骨碌碌轉著圓圓的眼睛。

電梯門開了，先前那個女服務生從裡頭走出來。

「你醒了？」服務生說。

「你怎麼知道我睡著了？」女人狐疑地說。

服務生抿嘴笑了笑。「你眼睛裡有眼屎。」

「外面人來人往，吵得我睡不著。」女人以一種若無其事的姿態說。

「是嗎？」

女人注意到服務生眼角流露出一種弔詭的笑意，彷彿帶著嘲弄的意味，令人感到不自在。

「房間裡的空調壞了嗎？我覺得很熱。」

「原來如此。」服務生望著女人，女人忍不住把眼光移開。

「頂樓有一個空中花園，你可以去那裡坐坐。」

女人回頭望著服務生的背影，她的腳步很輕，像沒有重量一樣。

女人上了頂樓，發現服務生說的花園，早就頹敗不堪，雜草叢生至人高，蔓藤遮覆了整個地面，枯萎的花朵發出一種類似腥羶的氣味。這景象似在哪裡見過，卻想不起來。或許她見過的是這景象的一種預告。

整個旅館裡，難道沒有人知道頂樓花園已經成為這樣腐壞的情勢？在死滅之後仍繼續以死滅的姿態增長。很多很多年了，無一人上過頂樓花園，女人突然有這種感覺。

頭頂上是黯淡的月光，觸目可及的草木都呈一種模糊的黑色。

小銅鈴的叮叮聲混在風裡傳來，黑色樹影矇矇矓矓地搖晃。從這裡跳下去！從這裡跳下去！女人的喉嚨裡有個聲音不斷地喊著。這就是你此行的目的。然後你便可以在這個城市裡無止境地漫遊，毋需依據任何時間或者空間的坐標，這是何等幸福！

女人轉過臉，芒草葉子在她臉上割出一道淺淺的痕，但女人只感受到夜晚空氣刺骨的冰涼而已。

女人不記得自己怎麼走回房間的，但下半夜睡得十分沉，似乎沒作什麼夢，醒來的時候已經早上十點。梳洗過後出門，從電梯裡走出來，大廳十分安靜，沒半個人影，櫃檯後頭也空無一人，沒見女服務生的影子。階梯上也不見等待妻子的那個男人。

女人逕自把鑰匙擱在櫃檯，走出旅館大門。

白花花的陽光灑下來，四周很安靜，商店都還沒開門。從巷子另一頭傳來一種噪音，鐵罐在地上滾的聲音。聲音向女人近了過來，一個中年婦人牽著個小男孩，小男孩低著頭，踢著地上的鐵罐。兩人從女人面前走過，背影漸遠，那小男孩突然轉過臉，女人發現小男孩的臉上滿是皺紋，皮膚剝落，活脫脫是張垂老到腐朽的臉。那臉咧開嘴對她笑一笑，向天空指了指。

小男孩又用力踢了一下鐵罐，鐵罐滾了老遠，嘩啦嘩啦的聲音顯得分外刺耳。牽著小男孩的婦人無限憐愛地撫弄著小男孩頭頂零落稀疏的頭髮，微彎下腰捏捏小男孩的臉頰。

電線杆上停著的幾隻烏鴉扯開喉嚨發出啊，啊的聲音，隨即拍翅飛了下來，在女人的腳邊來回踱步。

女人低下頭，看著腳踩的地方，有一塊深色的污跡。女人蹲跪下來，臉湊近地面，有一股似乎熟悉又陌生，氣味濃稠質地卻稀薄的香氣撲鼻而來，瞬間便消失無蹤。

夜來香髮膏的味道。

女人的腦海裡浮現女服務生坐在夜裡旅館的屋頂花園裡，那個垂掛在開滿鵝黃和粉紅玫瑰花棚的鞦韆上的情景。女服務生也不知道花園已經凋圮了，那些玫瑰花老早就枯萎死盡，鞦韆也早已生鏽。通往屋頂的樓梯間潮濕的牆壁沿著天花板全部裂開，生滿了霉的牆壁碎片就像那小男孩的皮膚一樣一塊一塊剝落，鋪滿在台階上積了厚厚的灰塵。但誰也不知道。

突然間女人頓悟到一個事實，這城市早在什麼時候已經成爲一個鬼城，裡頭沒有一個活人，她所看到的所有人都是鬼。

## 2

夜幕低垂，夜總會的霓虹招牌亮起來。門口擠著一群年輕人在排隊，女人沉默地加入其中。

全部是一些十七、八歲的年輕人。

「我這兒多一張票，要不要?賣你。」一個穿著黑色透明外套，和及大腿的花邊絲襪的女生對她說，她的名字叫作鬱金香。

鬱金香的嘴裡嚼著口香糖，臉上似笑非笑。

女人跟這群年輕人一起進了夜總會，裡頭空間不算大，擺了許多絨布沙發椅，在五彩燈光下看不出是什麼顏色。前方有個大舞台，四周是厚重的布幕。

「來跟我們一起坐，一個人太寂寞了。」鬱金香說。

鬱金香和其他年輕人打了聲招呼，和女人一起坐下，隨後又來了一男一女，男的叫阿狸，女的叫芳芳，年紀也都和鬱金香相仿。

「晚上我們常來這兒。」鬱金香說。

「來跳舞。」留著短髮，穿著緊身毛衣和牛仔褲的芳芳補充。

「喂，喝點什麼？」阿狸問。

女人點了一杯雞尾酒。

三個年輕人都點了果汁。

「我沒見過你，你是外地來的？」芳芳問。

女人點頭。

「晚上如果不到這兒來，眞不曉得要去哪裡。」芳芳翻著白眼說。

鬱金香點頭。「每天每天，都是一樣的，重複過同樣的日子，你不覺得嗎？」

紅色的燈光亮起，從布幕左右各走出八個身材高挑的女子，一字排開，清一色穿著黑色的緊身洋裝，臉色蒼白，嘴唇塗著紫紅色的口紅。

「好棒，是模特團，」鬱金香大喊。「你有見過模特團嗎？」

音樂聲響起，是女人從來沒有聽過的音樂。形容不上來，稱不上旋律的旋律和混亂的節拍，被一種隱形的強烈脈動包圍。

排成一排的模特兒從中間開始，踩著十公分高的黑色高跟鞋兩個兩個向前走，成兩列縱隊。

每個都面無表情。

「好帥，」鬱金香說。「我也曾經想當模特，在聚光燈下走路一定很有意思。」

「我也是，」阿狸一本正經地說。「如果能進入後台的更衣室，那就太好了，聽說她們都是不穿內衣的。」

「我舅舅見過其中一個露出下面的毛，」芳芳說。「他闖進更衣室裡見到有個模特光著下身，露出一撮毛。」

「嘻嘻，毛誰沒有？我的特別長，我常常用梳子梳哩！」阿狸說。

接著他又露出神祕兮兮的表情。「除了李毅，我曾經在廁所裡，親眼看見他一根一根地拔那裡的毛哩，拔得一根都不剩。喂，拔那裡的毛是要做什麼啊？」

「有人對那裡沒有毛的人特別喜好是吧？」芳芳說。

鬱金香露出嫌惡的表情。

「鬱金香，你沒交過男朋友，對這種事你不明白。」芳芳說。

「什麼意思？」鬱金香不悅地說。「我可不喜歡那裡沒有毛的人。」

「沒有女人喜歡那裡沒有毛的男人。」芳芳說。

「你們都弄錯了，」阿狸咧開嘴笑。「喜歡李毅那裡沒有毛的是男人。」

「李毅是爲誰自殺的？」鬱金香問。

阿狸聳聳肩膀。「李毅死了十八次，誰知道。」

「李毅自從第一次沒死成就精神不正常了。」芳芳說。

「來跳舞，」鬱金香拉著女人的手。「來這裡不跳舞要做什麼？」

儘管女人一個勁地搖頭說不會跳舞，還是被鬱金香拉著來到舞池中間。

兩個人還沒站定，就被外頭衝進來的一個男人撞倒。那人穿過人群，擠向舞台後面，嘴裡含混地大喊。

「我找到你了！我終於找到你了！」

那個男人抓住模特兒中的一個，掐住她的脖子。

「我眞懷疑他怎麼認出這個女的，依我看她們全都長得一樣。」鬱金香說。

「我告訴你，他根本找錯人了。」阿狸說。

「胡說。」

「我沒胡說。」

「你怎麼知道？」

「他的女朋友，他一直在找的那個女人，叫作愛密的，是個醜八怪。」

「你見過他要找的那個愛密？」

「很多人都見過。」

那男人抓著美麗的女模特兒的頭髮，嘴裡一直喊著愛密，用力地打著模特兒的臉，模特兒的兩頰整個紅腫起來，嘴唇也流出血。

因爲耳光甩得太用力，模特兒整個人飛出去摔在地上，男人的手掌裡揪著的只剩下一大束頭髮。

「爲什麼我總覺得曾經看過這個畫面？」鬱金香喃喃自語。

女人看著那瘋狂的男人用力揍著模特兒，模特兒的鼻子顯然已經斷了，整個臉被血跡覆蓋。女人驚恐地掩著臉，這樣下去一定會打死人吧？女人想站出去制止，但是雙腳卻一點也沒辦法移動。

「如果真如你所說，愛密是個醜八怪，怎麼樣也不可能弄錯吧？」鬱金香說。

「你別看愛密是個醜女，喜歡她的男人可多著哩，她曾經跟過一個賣波斯地毯的跑了，兩年之後又回來了。回來以後這個男的就常常疑神疑鬼的，有一天有人看見愛密上了一輛計程車，從此就沒有再出現。這男的找了她很久，大概我有生以來就看見他在找她。」

芳芳走過來。「誰還要再來一杯果汁？」

「我要。」鬱金香說。「順便幫我點一盤滷雞翅好嗎？」

「我真不想回學校，」阿狸說。「如果明天早上不用去學校就好了。」

鬱金香歪著嘴笑笑。「我們注定了要回那個地方去，不管它變成什麼樣子。」

「這兩天我又作考試的噩夢，我已經好久不作這種夢了。」芳芳說。

那個男人把模特兒的頭抓起來，用力地往地上敲，混合著像是用指甲刮著玻璃餐盤一樣的噪音和分不出來是男性還是女性演唱者高高低低的呢喃歌聲，讓人有彷彿可以聽到頭骨碎裂的聲音的錯覺。突然間夜總會的燈光熄滅，音樂也嘎然中斷，四下陷入一片黑暗。

女人聽到交頭接耳窸窸窣窣的人聲，那聲音很像山林裡頭的蟲叫。很奇怪這些人聲聽起來很遙遠，並且顯得飄忽不定。

「你說那個模特兒到底是不是愛密？」

「她是誰一點也不重要，重要的是那男的找著了愛密。你看他衝進來的樣子，他一眼就看出來他要找的女人在那裡了，從十幾個相貌幾乎一模一樣的女子裡頭找到她。你可以說，他根本不是從那些女人的相貌上找出愛密來。」

「你說他找了愛密多久？」

「誰曉得？數也數不清了。」

「也許他早就忘記愛密長的樣子。」

「或許吧！」

「也許在他心目中，愛密是個美人。」

「我告訴你，時間久了，眼睛的記憶就變得不重要了。」阿狸從口袋裡掏出花生米，丟進嘴裡咬碎。「時間久了，什麼眞相都不重要了。」

燈光重新亮起，五官糊成一片的模特兒已經躺在地上一動也不動了。

現場沒有人講話。

「喂，來跳舞啦！」鬱金香喊著。

阿狸把一顆花生米彈起來，張開嘴去接，但是沒接到。

音樂在什麼時候重新響起，年輕人又向舞池聚攏。

聚光燈照在跪在地上的男人身上，男人的臉上是無限哀傷的表情，眼淚像決隄一般傾瀉。爲什麼，爲什麼沒有一個人感受得到他的悲傷呢？女人環顧四周，在場的所有人，似乎都沒有看見，只是無意識地繞著光圈裡的男人跳舞。但是女人卻深切地感受到男人的痛苦，彷彿心臟被撕裂成碎片，浸泡在盛滿檸檬水的杯子裡。

女人用鑰匙打開房間的門，伸手按下電燈開關。黑暗的房間突然亮起，躺在床上的人反射性地以手遮著眼。

這房間裡居然有人。一個年輕女子合衣躺在床上。

女人打量著她的穿著，一件有彩色條紋的長毛外套，下半身是一條顏色鮮豔的織花長裙，脖子上圍著鑲金線的亞麻絲巾，斜肩掛著一個小花布包，長頭髮盤在頭頂，套著一只拼布頭帶，腳上穿著一雙桃紅色蛇皮靴子。連鞋也沒有脫。

「我知道你，櫝檯跟我說了。」女子說，「我叫巴蘭，是民族歌舞團的。」

叫作巴蘭的女子坐起來，向女人微笑。

「過來啊，你也沒地方去。」巴蘭拍拍床面。「一起睡吧！我不嫌擠。」

女人顯得有些不知所措。

「坐了一整天的車，我一躺下就睡著了，連衣服也沒脫，」巴蘭笑笑。「你把我弄醒了。」

「對不起。我不曉得裡頭有人。」

「你不習慣跟人睡一張床？」

「倒還好。」

女人側身在床邊坐下。

「櫃檯的女服務生跟我提過這是你訂的房間，」女人說。「我答應她你來了我就走。」

「有什麼關係？」巴蘭露出甜美的微笑。「每年我們都來這兒表演，我眞厭煩死了。她還告訴你什麼？她有沒有告訴你，我跟團長有一腿？」

女人茫然地看著巴蘭。

「我在清醒的時候對男人一點也沒有興趣，」巴蘭說。「別誤會，我不是說我對女人有興趣。」巴蘭笑一笑。

「我在半睡半醒的狀態會想和男人做愛，我想那是因爲那種時候男人對我來說是一種不眞實的形象。有一天下午我在床上睡午覺，他在那個時候走進來。我可以吻你嗎？他說。

我以爲那是夢，在夢裡我總是在找男人做愛，只有在夢裡。因此我點頭，他跑過來把他那個肥胖的身體笨拙地靠在床上，俯身下來吻我，那個時候我就醒了。我想推開他，但是因爲之前作的夢，我的那裡已經濕了，結果就莫名其妙跟他做了。老實說我很討厭那個傢伙。要跟他上床之前，我都得把自己灌醉。」

女人發現巴蘭非常漂亮，是一個既漂亮又讓人害怕的女人。

「他也和其他的女團員上床，特別是那對有羊臊味的姊妹。我說如果你要和別人搞，就別來找我。他說他雖然也搞別的女人，但是他只愛我，我說好啊，那就證明給我看。他給我買了很多禮物，我才不希罕，我說要是眞的心裡只有我一個，就把手指頭剁下來給我。那個膽小鬼，他才不敢。」巴蘭用鼻子哼一哼氣。「他那幾根油滋滋的手指，我還不想要。那個傢伙，說什麼以後他就只用手指搞別的女人，他那一根寶貝就給我一個人爽快，所以嘛，手指得留著。眞是狗屁。」

女人只隱約記得自己和巴蘭睡在一張床上，似乎眼睛一閉上就睡著了。半夜裡女人醒過來，發覺有人從背後抱著自己，起先以爲是巴蘭，後來覺得不妙，那人摸著自己的屁股，嘴裡發出悶哼。

女人跳起來，扭開床頭燈，看到爬在床上的是一個肥胖的男人，頭頂上戴著一頂小圓帽，臉上留著落腮鬍。

「糟糕，我弄錯人了。」男人驚呼。「眞對不起。」

男人露出非常抱歉的表情。「我以爲是巴蘭。」

這個人八成就是巴蘭說的歌舞團團長，女人心裡想。

「巴蘭到哪裡去了？」他問。

「我不知道，我睡著以前她還在這兒的。」女人說。

女人這才注意到男人的手，大吃一驚，因爲男人的左手全沒了手指，右手則只剩下拇指和食指兩個指頭。

團長注意到女人的眼光，順勢看著自己的兩手。「這是巴蘭幹的。」他說。

「天哪！」

「爲了證明我對她的愛，」他說。「雖然我不明白巴蘭爲什麼要這樣做。」

「巴蘭說你也和其他的女團員上床。」

團長面有難色。「那是另一回事。」

「無怪乎巴蘭會生氣。」

「她爲這個生氣嗎？」團長顯得很驚訝。「不可能的，她才不在乎。」

「我以為……」

「你不瞭解巴蘭，她只會以恥笑我為樂。」

團長露出想哭的表情，女人不知道該說什麼是好。

早上醒來也沒看到巴蘭，女人走出旅館，突然有人拉住她的手臂，飛快地往前跑。女人發現拉著她的就是巴蘭。

「昨天晚上你去哪了？」女人問。

「這個與你無關。」

「你要帶我去哪裡？」

「我只是想跑開，免得給他們追上。」

巴蘭帶著女人跳上一輛計程車。「到白孔雀廊街。」巴蘭對司機說。

「你來這兒是做什麼？旅行？洽公？結婚？找親戚？」巴蘭轉過臉對女人說。

「我要找一個人。」女人說。

「這個城市裡頭每個人都在找人。」巴蘭說。

女人望著車窗外奔走的景致，意識到自己逐漸在這個城市裡失去時間感。

「昨天晚上團長曾經來過我的房間。」女人突然說。「我是說，我們的房間。」

巴蘭只是唔了一聲，沒有什麼表情。

「我嚇了一跳。」女人說。

「在這個城市裡，」巴蘭說。「沒有一個人是醒著的。」

女人沉默了。

兩個人下了車，女人不知道來到什麼地方。方才計程車穿過熱鬧的市中心，這裡則很安靜，是一整片漂亮的附有庭院的舊式小房子。

「跟我來。」巴蘭說。

女人跟著巴蘭，在巷弄間穿梭。

偶爾，巴蘭會停下來問路，女人看著她跟坐在門口台階上的婦人說話，女人聽不懂她們的語言。那婦人隨後拿出紙筆，在上頭畫圖，巴蘭一邊看一邊點頭，又問了幾個問題，婦人用手指著前方。

女人只是安靜地隨著巴蘭走。

「你剛才說你來這裡要找誰?」巴蘭問。

女人的腦中浮現一幅狂歡的景象。

那個時候，兩人說要一起死。兩個人都吃了藥。然後她作了夢，夢裡除了他們，還有其他人，有男人也有女人，不像是作夢，感覺很真實，是雜交的歡樂狂宴。

之後她沒死，說要一起死的男人消失了。

那些夢裡出現的人都死了，她是見到他們的屍體的，可是沒人逮捕她，她也什麼都不知道。

女人發現什麼時候兩個人來到一個曲折的小街，整條街子都是賣鳥的鋪子，店面掛滿了鳥籠，竹條編的籠子，鐵絲編的籠子，大大小小的籠子。此起彼落的尖銳鳥叫聲令人發瘋。

巴蘭的腳步停在一個花園前面。

「好漂亮。」女人由衷地讚嘆。

不過這也只是一個很普通的小花園，種著一些柳樹和楓樹，花園前方有一個小小的戲台，四周則環繞著狹窄的走廊。

花園裡頭擺著桌椅，零散地坐著幾個中年人。靠近戲台的地方，一群形容枯槁的老人圍成一圈，面容呆滯地坐在台下，各執一種樂器，全是女人沒看過的，有兩把琴，一根笛子和類似鐃鈸的東西。

小小的舞台上則站著一個老太太，兩旁站著四個小姑娘，臉上撲著紅通通的脂粉，張大了眼睛看著台下。

與其說站在中間的是位老太太，不如說是穿著老太太衣服的怪物。她臉上的皺紋密布，看起來恐怖得不似人類，鬆垮變形的皮膚也幾乎失去人臉的輪廓。女人至今沒見過老到這種地步的人。

巴蘭示意女人在花園裡坐下。立刻有人過來替她們倒上茶水。

女人正要開口說話，巴蘭輕輕噓了一聲。

音樂開始演奏，聽起來嘈雜刺耳，一點也算不上優美。老人開了口，聲音極其洪亮，並且尖銳，像刀子一樣可以刺進人心。

女人凝視著唱歌的老者的臉，心中湧上一種難以形容的敬畏之感，一般人活不到長出那麼深、那麼多皺紋的時候吧？女人心裡想。

老人所唱的歌詞女人完全不能理解，那似乎是非常非常古老的歌謠。儘管以一種懾人的力量唱著，老人卻如同一台機器一般表情空洞。兩個深陷的凹窩裡鑲著的淡黃色眼珠看不出焦點。

與其說是在唱歌，倒不如說是在吟詠某種詩篇之類的東西。

音樂停了之後，老人仍在喃喃念著什麼。

「很驚人吧?」巴蘭說。「我想她至少有兩百歲。」演奏樂器的老人們在表演完畢之後似乎在等待有人來指示他們接下來該做什麼地茫然不知所措。

「他們已經老到隨時會化成灰了。」巴蘭微笑。「他們全都老得不能再老啦!」那幾個女孩想去攙扶方才唱歌的老者下台,但老人仍然用模糊刺耳的聲音重複說著什麼,女人盯著老人蠕動著的牙齒掉光了的嘴,忽然發現老人似乎是在叫喚自己。女人與老者的視線重疊時,認出老者在叫自己的名字,永夜。

3

永晝前來告訴我她即將動身前往S市。

「S城市,是個好地方吧?」永晝以淡然的聲音說。

S市一度強烈地吸引著我,但時間久了,這個富有魔力的名字什麼時候已被棄置於一旁,回頭一看,有著妖冶顏色的輪廓竟然已經被蛛網籠罩,變成白蒙蒙的一片。嵌著她名字的外殼曾經敲擊起來清脆飽滿,像一個令老到精明的女人滿意的西瓜,現在你用手指關節輕敲，卻只發出一種軟綿綿的悶哼。

事實上，我沒有去過S市，我只得坦白承認，其實我對S市一無所知。「我所熟識的去過S市的人，後來沒有一個人回來。」我說。

有什麼東西在永晝眼睛裡驀地一閃。

因爲置身在陰影裡，我試著無忌憚地盯著永晝的臉，永晝的臉的白色與她的黑眼黑髮的對比彷彿高反差處理的圖畫。

「我已經買好了機票，下個星期就要出發了。」永晝輕輕搖著裝著冰水的玻璃杯。

凝結的水氣從玻璃杯上流下來形成一圈水漬留在桌面上，永晝用手指攪了攪。不知爲何，一隻小飛蛾的翅膀黏在那小池塘裡，永晝以沾濕的手指抹了抹蛾翅膀，伸進嘴裡吸吮了一下。

「到了S市，遲早會遇到那個人吧！」永晝小聲說。

「什麼？」

大概是馬達之類的東西，一直發出轟隆轟隆的微弱響聲，有規律地在這安靜中運轉。

永晝瞇起眼睛望著外頭白花花的陽光。

「你打算去多久？」我問。

「咦？」永晝轉過臉，但眼神仍停留在原來的空間裡。

爲何永晝突然跑來告訴我她即將前往S市呢？事實上，我與永晝有十幾年沒有見面了。

我和永晝是小學同學。關於永晝的記憶，消失大半。童年時代我與永晝並非好友，正確一點說，幾乎沒有什麼交集。留存在我的腦中的關於我和永晝一起發生的事情，只有一件。

往後那場景反覆出現在我的夢中，但每每以不同的形貌出現，有的時候，紅色的小路會變成橫越沙漠的乾燥公路，有時則變成泥濘的碩大池沼，有時候白色的木柵小門會變成蔓藤叢生的拱門花架，而山坡上長滿的蘆葦則變成及人高的紫色鳶尾。這些變形往往令我困惑，醒來以後爲了拆解這些糾結的覆蓋，依照它們僞裝的面貌辨識每一塊積木應該歸放的位置而感到頭痛欲裂。久而久之，這些變形的假面一點點侵蝕掉原有的記憶，使之逐漸變成失了頭顱或關節、四肢到處散落、肚子開洞、腸子外流、膀胱擱在腋窩、屁股長在胸前的，一副跌落摔碎的怪異屍體。

高年級的教室後面，有一條小路，那小路通往哪裡，沒有人知道。孩子們總想試圖進入那條祕密小路，然而那小路沒有入口。

「我想過了，如果從焚化爐頂上跳下來，或許可以躍上圍牆，那樣的話，就可以翻牆進入小路了。」我對永晝說。

這或許是我的囈語。因爲我有懼高症。我的這個構想，應更正爲「如果有人能登上焚化爐的塔頂，他或許可以因此跳過牆進入小路」。

永晝在那個時候，露出明亮的微笑。

「好呀。」永晝說。

仰著臉看到的，永晝被焚化爐煙囪抹上污漬的灰色裙子擺動著的影像出現在我眼前。突然間，我的視、聽、嗅、味、觸覺的記憶突然甦醒，一股可怕的腐焦味以波動形式一陣陣傳來，我閉上眼睛，燒灼的熱度仍直逼近我。

攀著發燙的梯子，永晝爬在我正上方，我畏怯起來，想要掉頭回去。

「回不去囉！」彷佛猜到我心裡所想，永晝在上頭大喊。「回頭的話，會死掉的！」

我驚恐起來。

黑色的鳥在我們頭上飛。「永晝，是禿鷹！」

我不怕禿鷹吃掉我們的屍體，但是我怕禿鷹在我們還沒有斷氣的時候就來啄我們的眼睛。永晝，你知道嗎，我們以爲眼睛只有眼眶裡頭的那一點點，其實眼球是一顆大圓球，你看看死人骨頭的眼窟窿那麼大，所以才塞得下那麼大的眼球呀。禿鷹一邊搖晃著脖子上的贅疣說著，眼睛最好吃呀，可口又有彈性，眼睛是最補的，不趕快吃的話，會被搶走。吃完眼球以後我們就瞎了，我們瞎了卻還沒有死。然後禿鷹用大嘴扯我的手臂，雖然我的手臂和肩膀連得很緊，但是用力扯的話，還是會從關節處撕裂，我一定受不了那個疼痛，怎麼辦？

永晝發出清脆的笑聲。「笨蛋，那是烏鴉啦！」

「什麼？」我哭喪著臉說。「看見烏鴉會有倒楣事發生。」

爲什麼是烏鴉，而不是九官鳥呢？

小的時候，鄰居養了一隻黑色鳥，半夜突然說起人話來，我躺在黑暗的房間裡哇哇大哭起來，媽媽跑進來安慰我，乖，那是九官鳥，九官鳥會說人話。我望著窗外，天空上掛著一輪又圓又大的月亮，我以爲九官鳥在月圓的半夜會變成人面鳥身。

「快點兒爬，還差一點點。」永晝沒有回頭。

爬至塔頂，又濃又嗆的腥臭衝上臉，其飽滿像是具有厚重且沉甸甸的實體有力地撲來。我難過得流下眼淚。

「從這裡往下跳。」永晝以決斷性的口吻說。

「我什麼也看不見。」我哀傷地說。

我們被黑壓壓的煙霧包圍，活像站在地獄的入口。

永晝，死人在向我們招手。

「來吧，我們手拉手往下跳。」

不要，永晝，快要上課了。你聽，是不是上課鈴的聲音？如果我們不趕快回去的話，一定會被老師發現，老師會以爲我們逃學啦！我們要在上課鈴響以前回去，自然課要開始了，今天要上我最喜歡的恐龍咧！

永晝，你聽到沒有。我要回去學關於恐龍的事情。

「看到了嗎，我們跳到那圍牆上。很容易的。」

狗屁，一點也不容易。我們會摔死。

「我們不是才上了一點點物理學嗎？有關於位能和動能的轉換……」

什麼轉換？我搞不清楚。那個白癡老師講，一片葉子飄落，都牽涉到好多複雜的力與能量的作用，我一點也聽不懂。一片葉子飄落，就像生命結束一樣。

永晝，跳下去我們一定會死。

「你看呀，如果我們掉到地上，只要滾幾滾，不會受傷的。」永晝說。

「什麼？我們會掉下去？那麼高的圍牆，我會摔碎，我的內臟都會碎掉，斷裂的肋骨戳進罐裝狗食一樣的內臟糊裡頭。我不要。」

「聽我說，如果我們掉下去，只要我們滾動，就會將位能轉換成動能，減少衝擊力，我們受到的傷害會減到最小啊。動作電影裡有演呀，卡通片裡也有呀，很好玩的。」

永晝，說來容易做來難。我也很想學會後空翻……

永晝拉扯著我跳下去。你猜我在空中看到什麼？永晝胸前的名牌，縫在永晝的制服口袋上方的皺巴巴的塑膠名牌，上面寫著，六年十二班，符永晝。

我閉上眼睛。

我不知道我們是怎麼摔落的，我全身劇痛。「永晝，我的屁股裂成兩半啦！」我哭著說。

「嘻嘻嘻，屁股本來就是兩個瓣兒啊！」永晝說。

永晝摸摸屁股，你看，這是左邊的瓣兒，這是右邊的瓣兒。

我跟在永晝後頭跑，跑在紅土小路上。

啪咑啪咑。

啪咑啪咑。

啪吋啪吋。

永晝規律的腳步聲成爲這世界的鐘擺。

集中注意力在永晝的腳步聲上，有一點點黏膩又富於彈性的，啪吋啪吋。我失去了整個世界，只剩下這一種存在，只剩下這鐘擺。我必須把注意力全部集中在永晝持續的腳步聲上，只有這樣才能令我感到心安。

我們不停地跑，跑過紅土小路，跳過白色木頭柵欄，跑過小山坡，穿過蘆葦叢林。芒草銳利的葉片在我們的手腳和臉頰、脖子上劃出一道道紅色的傷痕，我覺得全身疼痛。爲何我們不停地跑？因爲我們不能停下來，如果我們停下腳步，就被迫要面對我們所置身的世界，而強大的恐懼在後頭鞭策我們，我們沒有勇氣親眼目睹眼前的一切，只有一直跑，可以不需要看清任何東西。

永晝，我們或許要一直跑到世界的盡頭。

果然這是地獄啊，我大哭，除非死亡我們不能停下腳步。

但是我們走到了終點。

「天哪，永晝，那是什麼？」

我望著永晝，永晝微笑著，眼睛瞇成兩條彎彎的裂縫，咧開的嘴裡露出兩排細細小小的牙齒，又黑又亮的短髮貼在臉頰兩側，使得永晝的臉有如從墳墓裡挖出的人偶。

永晝推開玻璃門，走進那個巨大的溫室。

形狀有如鐘形鳥籠的溫室裡頭大得嚇人，種植著各種熱帶植物。大多數的植物我認不得，你看看這個，葉尖長著大大的綠色軟泡，弄破外膜以後，流出黏糊糊的沒有味道的東西。還有長了濃密有光澤的紅色長毛葉子的樹，葉片像懷孕的貓垂下來的柔軟乳房那樣那樣肥厚的樹，從樹幹不停流出苔色的混濁液體的樹。我可以感覺這些樹正像人那樣張開濕潤的嘴巴喘息呼吸著。

麵包樹的葉子看起來像猴子的臉。我們的導師也有一隻猴子，偶爾他會帶他那猴子來學校。人家說那其實是他的兒子。他原先養了一隻小猴兒，對小猴兒疼愛有加，當作自己骨肉看待，後來那隻小猴卻被車子撞死了，死了沒多久他的妻子便懷了孕，生下一個兒子，兒子到了兩歲仍然長不大，只有猴兒大小，一句話也不會講，看來似乎有點智能障礙。日子一天天過去，兒子的舉動越來越似猴子，到後來連模樣也生得像猴兒，眼白消失大半，嘴唇乾癟，臉上全是皺紋，最後根本和猴兒分不清了。

永晝，那個樹葉就像猴子，我要殺死那隻猴子，我討厭那隻猴子。猴子令人不舒服。

我挨近永晝，臉上掛著諂媚的笑容，以一種不自然的聲音說，「永晝，我想這也不過是學校裡的實驗溫室罷了。」

永晝撥開樹葉，往茂密的樹叢裡走去。

永晝，你要去哪裡？

穿過樹葉的陽光像游泳池裡波光粼粼的水影波動，我的耳朵邊響起淹沒在水池中才會聽到的水的震動聲，咕咚咕咚撞擊著我的腦袋。

永晝，好香啊，你有沒有聞到這香？又甜又酸，我形容不出來，像天使在我的臉前吐氣，有天使嘴巴裡的溫暖溫度和口腔的酸氣，又像柔軟的手撫摸過我的臉，舒服得令人起雞皮疙瘩。我昏昏欲睡，因爲這個香氣可以醉人呵，我像沐浴在金色的光裡，金粉滲入我皮膚的毛孔，在血液裡游泳，塗亮了我小小的細胞核。

永晝，這個香越來越濃了，我喜悅得呼吸困難起來。雖然它溫暖而並非灼熱，但它包裹我的力度越來越強，變成讓人睜不開眼睛的強光。我內心裡那個與香氣呼應的幸福膨脹起來，快要脹破我的肚皮啦！我曾經看過一部恐怖電影，裡頭有一個婦人懷了惡魔的孩子，那個鬼胎兒在肚子裡越長越大，大得撐破婦人的肚皮生出。好可怕！那樣肚皮豈不要痛死了？

香氣在我的心中孕育的甜美幸福正在到處衝撞，想要爆裂而出，我想大哭一場，讓它們都變成眼淚迸發，否則我就整個炸掉。

可是我的眼淚卻流不出來。

我想念我的爸爸媽媽，我的小狗，我的卡通圖案毯子。這個溫柔又土氣的懷念令我眼眶熱起來。永晝，這裡該不會是一個埋死人的地方吧，死人都忘了他們曾有的怨恨，只剩下洶湧飽滿的愛，因此酸腐的屍臭融化在芬芳甘醇的幸福糖漿裡，穿透地面源源不絕地流瀉而出。

每一棵樹底下，一定都埋著一個死人。

和這些寂寞的死人相比，我是多麼幸運的小孩，我的周圍有那麼多愛我的人，我是一個受疼愛的好小孩。但是這幸福沒有令我感到心安，卻莫名其妙地令我顫抖起來。我的嘴唇開始打顫，我低下頭看看自己的雙手，它們似乎在發抖，越抖越劇烈，震得我前後搖擺。我好害怕。如果有光，就會有黑暗，有午後下過雨的草地蒸發出的香味那樣寧靜的祥和，就會有被割開喉嚨的雞裂開的傷口冒出的血泡那樣可怕的腥味。我聽見了，方才在這裡迴盪的詩歌吟唱的聲音其實是兩種聲音的重唱，女人的高音和男人的低音，像是機械製造的雌雄同體人發出的詭異話語。

永晝你來啊，你來捏我一把，讓我看看自己是不是在作夢。如果連美夢和噩夢都分不出來，我們到底該不該逃走呢？

等我們回到教室，一定會被老師罰站。說不定還會被打手心，說不定還會要我們罰寫一百遍，我再也不無故缺課。可是我們不是無故缺課，我們到了那個祕密禁地，有好多樹，有撲鼻的香氣，有天使唱歌。老師會說，小孩子胡說八道可不行，說謊鼻子會變長，哪裡有什麼祕密小路和溫室，全是我們編造出來的連篇鬼話。

對吧，永晝，你說對吧？全是假的。

我轉過臉，看到的卻不是永晝。

而是永夜！

我甚至遺忘了我如何從那裡回到教室。我怎麼爬出那麼高的圍牆的呢？

我一直以爲，永晝並沒有從那裡回來，她從此不曾再出現過。但其實永晝並未消失。只是因爲從那以後關於永晝的記憶全部淡忘了，淡忘得沒有留下一丁點痕跡，所以我以爲永晝在那奇異的經歷以後蒸發於這個世界。事實上，眞相是如同之前所有日子一樣，我與永晝平安且正常地一同度過學校生活直到畢業。一定的。

唯一能解開我的困惑的，只有求證於永晝本人。

「永晝，」我抬起頭。「你記不記得……」

我的眼前，空無一人。

永晝的杯子裡的水已經蒸發殆盡，杯底積了灰塵。掛在窗口的淺綠色紗帘無聲地波浪般翻動。

## 4

巴蘭說要帶女人去看偶戲。

「你從外地來，不知道這裡有什麼好玩的地方。我帶你去看偶戲班的鴟娓先生，鴟娓先生知道的事比誰都多。」巴蘭一笑，「但你別跟他問死人的事情，就說問人偶的事情就可以了。」

早上醒來卻不見巴蘭，民族歌舞團的人在餐廳裡吃飯，每個都是精神渙散，眼神呆滯，一張臉帶著剝落的粉，好像風化的人偶一樣。

「團長說免費的早餐非吃不可，我啊，眞是寧可睡覺，你瞧我眼睛都張不開。」那對穿著亮片胸罩，露出又長又濃密的腋毛的姊妹當中的一個說。

女人倒了一杯咖啡，喝起來眞不像咖啡，倒像枯樹流出的腐水。

外頭還是同前些天一樣熱，不過走到外頭的大街上，就汗流浹背。巴蘭說鴟娓先生的偶戲班子在煤氣站的附近，女人打算先坐車到那兒再問人。

煤氣站算是名存實亡，那個地方歷經大爆炸，已經成爲廢墟，四周的大樓都早已倒塌，見不到半個人影。女人在那裡四處晃蕩，口乾舌燥，商店都沒開門，好容易找著一個賣冰老婦，那老婦講的語言女人聽不懂，比手畫腳了半天，正打算把冰櫃打開取出冰棍付錢，卻被當成強盜，老婦舉起大鏟子襲擊，女人倉皇逃了出來。

現在女人迷了路，想要回飯店都成問題，四下熾熱寂靜，既無人車之聲，也聽不見夏日蟲叫，女人坐在地上，任汗水流入眼睛。無聊啊，死亡不過如此。

有個小男孩騎著腳踏車靠近過來。女人向他招招手，不說要去哪裡，只說帶我到有人的地方去吧！

女人坐在腳踏車後座，跟著穿過綿延的廢墟，來到一處土坡，從那裡往下看，是一整片舊式的矮房子，彷彿是瓦片屋頂連接成的汪洋大海，幅員之廣令人咋舌。

小男孩指指那些矮屋，女人點頭說了謝謝。

靠近了看，才發現比鄰的矮屋間有狹窄的巷道，但即使是巷道，也被瓦片屋頂遮住，裡頭暗無天日，彷彿是築在地底下的城市一般。方才外頭火燒一般酷炎，這裡太陽雖曬不到，卻窒悶無比。每戶人家都關著門，女人從屋子的窗口可瞥見裡頭的人影，但敲門卻沒人回應。

女人穿過幾條巷子，見到一戶人家的後屋，有個胖老太婆坐在屋簷下，裸著身子，用牛骨梳背在刮著身上的污垢。

「對不起，我想找偶戲班的鴟娓先生，請問鴟娓先生住在附近嗎？」女人問。

臉孔暗黑的胖老太婆抬起頭，瞪著女人好一會兒，嘴裡嘰嘰呱呱地不斷說起話來，女人卻一句也聽不懂，只好重複說著鴟娓先生的名字。

胖老太站起身進屋去了，女人愣了一下，以爲激怒了她，沒想到那老太隨即出來，取了一張紙，寫下「轆顱坊」三個字。

原來這就是偶戲班的名字，女人拿著這紙好容易又找著幾個願意指路的人，後來是賣錫盆老頭的小女兒帶路，花了大半天才找著轆顱坊。

「鴟娓師傅！開門呀，有人來找你了。」那小女兒用力敲著門喊。

女人仰起臉，大門上並無任何標示這是轆顱坊的牌子。

一個年輕男子打開門，請女人進去，小女兒一溜煙回頭跑了。

女人被領進穿過前廳，來到中庭，裡頭竟是一個精巧的花園。忽然有陽光照進，女人頓時睜不開眼，待眼睛適應了光線，發現眼前站著一位年紀大約五十幾歲的初老男子，身材瘦削，頭上戴著一頂麂皮軟帽，身穿橄欖綠色的袍子，膚色慘白，嘴上無鬚，細細的眉毛稀稀疏疏的，嘴唇極薄，有著不自然的血色，好像是塗上胭脂一樣。這就是鵋娓先生了。

「陽光很討厭吧？」鵋娓先生說。「我也是難以忍受，有什麼法子呢？想找人把這裡封起來，無奈現在找不到工人了。」

花園裡的草木毫無匠心經營的跡象，雖有幾株杜鵑、桂花什麼的，但放眼望去全是自然野生的卑賤植物，倒是看得出來有人定時修剪。當中有個涼亭，被水池環繞，池裡的水看來已經乾涸很久了。女人注意到貼著花園的圍牆站著一個身材矮小的男子，一頭聳立的亂髮，穿著繡有華麗圖案的棉襖，眼睛半閉著。現值酷暑，大太陽底下穿著棉襖也眞奇怪。

鵋娓先生領著女人穿過池上的小橋進入涼亭，女人發現靠著涼亭的柱子也站著一個身材矮小的女人，大約只有一米三或一米四那樣的高度，本以爲是小孩兒，但又穿著成人的衣服，發光的緞子製成的五顏六色的裙子顯得俗麗得不協調。

「你瞧見貼著柱子站的那個人偶沒有？」

女人望過去，發現方才以爲站在那裡的矮小女人，原來是人偶。

這麼一說，前廳裡好像也有，這房子裡隨處偶然看到的小人兒，都是人偶了。

「那些人偶都沒用絲線懸掛，也無任何支撐物，全是自己站立著。」

「自己站立著？」

女人這才意識到這些活動關節的人偶，若不靠外力扶撐，應該是如癱瘓之人般垂軟的。

「風吹也不會倒下，落雨衣裳也不會濕。說起來，倒教人不必費心哪！」鵰娓先生說。

「那人偶是活的？可會走動？」女人問。

犀娓先生聞言大笑。「人偶就同人一樣，無所謂活的跟死的差別。」然而話語一停頓，臉上的表情卻很焦慮，「但死人也會死，陷入完全黑暗的虛無，什麼都沒有了，什麼都沒有啊，那是遲早的事。」

女人被鵰娓先生突來的驚恐表情嚇了一跳。

鵰娓先生忽然回過神來，「沒想到你也看得見那些人偶，」鵰娓先生露出奇妙的笑容，「除了你我之外，還有一個人也看得見那些人偶，等會兒我得跟你說說那人的事情……外頭太陽烈，溫度高得很，我怕熱，進屋裡去吧。」

穿過迴廊到裡院去，女人沒想到轆顱坊竟有那麼大。

一出迴廊便經過一個大房間，裡頭有十來個婦人，全都埋頭做著女紅，女人仔細一瞧，都是在製人偶衣裳。

「別看是人偶的衣裳，繡工可不比人穿的差，做得不好就燒掉重做，一點不馬虎。」鵼娓先生說。

另外也有製造人偶配件的地方，雕刻人偶的手腳的地方，至於表演偶戲的戲台，看起來已經很久沒有使用了。

「要說上一次在這裡表演偶戲是什麼時候，少說也有七、八年了，現在的我，已經把戲碼全部忘掉了。因爲每一次表演偶戲，那些該死的人偶都會揪著我的心不放，我陷入那股巨大的感情漩渦裡，想哭也不是，要喊也喊不出來，胸口好像被大石頭壓著喘不過氣。晚上我跑到儲放人偶的倉庫，想偷看它們臉上是什麼扭曲的表情，可是一到白天，我又把它們交代的事給忘了，那些傢伙，就這麼恥笑我，我知道它們在心裡笑我，白天也好，晚上也好，就說我啊，也不過就是一隻螻蟻。」

女人隨鵼娓先生來到一間大房門口，從懷裡掏出一把黃銅鑰匙，打開那扇以黑漆漆上的厚重木門。

鵄娓先生按下電燈開關，隨著屋內被微弱的燈光照亮，眼前景象讓女人大吃一驚。長四十多公尺，寬二、三十公尺的大房間，四周有狹窄的迴廊，中間沒有地板，而是向下挖深的地窖。

「這裡麼，就是儲放人偶的倉庫。」鵄娓先生說。

向下俯瞰偌大的地窖裡頭，是密密麻麻的人偶，由屋頂交錯的梁木懸吊下來，少說也有數千個。

「這些人偶都是你刻的？」

「我只刻人偶的臉，其他都交給別人做。我父親還在的時候，師傅有好幾個，現在只剩一個了。我十五歲就開始刻人偶，至今一日沒停過，早也刻晚也刻，就跟著了魔一樣。」

不同於其他房間的悶熱，這間倉庫十分涼爽，從地窖裡飄上來一股彷彿是沼氣的味道。沿著迴廊繞走一圈，女人觀察那些人偶，每張臉都不同。

鵄娓示意女人可以出來了。

「到書房喝杯茶吧！」鵄娓先生說。

鵄娓先生的書房簡陋髒亂，牆上掛著幾幅字畫，書架上放著幾本發黃的舊書，桌面散置著紙張，掛在筆架上的毛筆沾著厚厚的灰，硯台上隨手放著的墨條也龜裂得厲害。

「轆轤坊的歷史有多久了?」女人問。

鴟娓先生搖頭。「時間有什麼意義呢?更何況，時間停止以後，又如何再計算經過了多久呢?」

鴟娓先生打開茶罐，將茶葉放進壺子裡，倒入爐子上煮著的滾水。

女人看著牆上的字畫，鴟娓先生順著她的眼光望過去，那是一幅筆觸拙劣粗糙的公雞展翅。

「那個是我父親畫的，實在難看，他自個兒得意洋洋地掛上了，就一直在那兒，竟然從沒人想到取下來。」鴟娓先生說。「眞是不可思議。」

「你是從父親那裡繼承這偶戲班的?」

「嚴格說起來不完全是。我父親確實是原來轆轤坊的主人，不過他有個要不得的嗜好，就是嫖女人，三天兩頭上妓院，還包了幾個妓女，錢都花在那上頭了。買東西給那些女人他出手可闊綽了，弄到後來欠了一大筆錢，我母親爲了這事成天同他大吵。後來討債的經常上門，一來就是打人、砸東西，下人都跑光了，這樣下去不是辦法，我父親就把轆轤坊賣給一個人稱渤老爺的地主，得來的錢嘛，和我母親兩人對分，當作盤纏逃走了。那兩人從此沒下落，這麼多年我都想不透，他們要逃的時候，似乎一點沒想到要帶走我，無論是那做父親的也好，做母親的也好，壓根也沒想這件事，我就這麼給留了下來。」

鴟娓先生給自己和女人分別倒了一小杯茶。

「喝喝看，是眞的茶噢。」

女人啜了一小口，很苦，透著一種說不上來的怪味，但確實是茶。

「我那時候才九歲，沒有地方可去，只好待在轆轤坊。那個渤老爺呢，是個老色胚，先是晚上爬到我床上整晚搓著我的屁股，後來是大白天也弄個不停，」鴟娓先生說著舔了一下嘴唇，吃吃笑起來。「到了十三歲的時候，本來是開始發育了，但也許是我倆整日交媾，他那個玩意兒啊，顏色很深，模樣噁心，可是到了這步田地，我對那塊肉已經沒有美醜的概念啦，完全地沉迷在那上頭了。他呢，對我更是像無法控制唾液流出的狗一樣，我陶醉在被他玩弄的亢奮當中，全身到處是他留下的黑紫瘀痕，到最後我的皮膚一塊一塊脫落，糞便也失禁，頭髮、剛生出的鬍鬚、胳肢窩下的毛、陰毛和腿毛，都斷斷續續地掉落，後來也不怎麼長得出來了。」鴟娓先生把頭上的麂皮軟帽拿下，果然只有稀疏的少量頭髮。

女人這才直視鴟娓先生的眼睛，發現他的眼珠顏色極淡，裡頭的瞳孔一會兒放大，一會兒縮小。

「渤老爺慢慢對我失去興趣，我那時身體虛弱不堪，終日躺在床上，背上生滿褥瘡，幸虧一位人偶師傅請了看護來照顧我，我的病終於好些，可以下床以後，我便開始學刻人偶。我十七歲的某一天，渤老爺說他看到了活的人偶出現在花園裡，除了他以外，沒有人看得見。其實我看見了，但我沒說。先是花園，然後是門廳，接著是廚房、工房和展示廳、僕人的房間，人偶出現在書房的時候，渤老爺瘋了，我心想等人偶出現在他的臥房，一定便是他的死期。不過在那之前他就逃走了，跟我父親和母親一樣，至今是生是死，下落如何，我不知道。」

鴟娓先生又給女人添了茶。

「對啦，你找我是有什麼事？」鴟娓先生將熱水倒入茶壺。「我知道你要來，我早就知道你要來了，我也知道你要問什麼，可是你瞧，我又忘了，我老是忘這個忘那個。」

女人喝完一杯茶，卻沒開口。

「想起來啦！是要看偶戲吧？可是戲碼我全忘光了。」

鴟娓先生站起來，像是要去翻書架上的書。「哎呀，在這裡呢，你快看看。」

鴟娓先生指著書架和壁爐間的縫隙，那裡也站著一個活人偶。

雖說是活人偶，但只能說是看起來像活人的人偶，這轆顱坊裡的活人偶，跟死人偶一樣也是靜默不動的。

「永晝死亡以後，就變成了永夜。」鴟妮先生說。

女人走近了去，想要觸摸那人偶，被鴟妮先生阻止了。

走進花園的時候，「太陽已經下山了啊？天黑咧，我都沒注意到，一點都不饒人呢！」鴟妮先生說。

## 5

女人到櫃檯取鑰匙。

已經是深夜了，女服務生坐在那兒打盹。

「是你啊？」女服務生見了女人眉開眼笑起來。

「告訴你好消息，今晚你不必再跟人擠一張床啦！民族歌舞團的那女孩死了。」

女人一時沒意識到發生了什麼事。「你說誰？巴蘭嗎？」

「就是她，給人用刀戳了，亂戳一通，戳得死死的啦，血流得到處都是。」

「什麼時候發生的？」

「一整天沒見到她，晚上要表演了也沒回來，結果發現在樓梯間，躺在那兒不動了。你猜是誰發現的？是我，從沒人走那樓梯，樓梯間早就封死了，誰都不可以走那兒，你知道爲啥？」

女人搖頭。

女服務生從抽屜裡取出修指甲的磨刀，懶洋洋地沿著食指的指甲緣來回搓磨著。

「想不出來回頭再慢慢想，總之呢，我知道她死在那兒，別問我怎麼知道，想想今天是什麼日子。」

女服務生倏地坐直了。「你跟她睡的時候沒聞到嗎？沒聞到那股腥味？我不是說像那對姊妹花身上的羊臊味，我是說死人的味道。唉！」

## 6

女人坐在飯店的咖啡廳裡。

兩個警察來調查巴蘭的凶案，一個圓鼻子的跟一個花臉的。

咖啡廳的入口有一張矮桌子，兩張沙發，壁爐旁邊也是一樣，一張矮桌子，兩張沙發，靠窗的地方還是一樣的擺設。地上鋪著俗麗的地毯，天花板上是老式的吊燈。女人覺得這裡眞不像普通的咖啡廳，怎麼個不對勁法，說不上來，好像——好像——敏銳一點的人會有準確的見解，怎麼說呢，好像假的一樣。

兩個警察坐在靠壁爐的座位。

「這是眞的壁爐嗎？」圓鼻子警察問。

「你上次就問過了。」花臉警察說。

「我一點也不記得。」

「你根本不需要記得。一看就知道了。我岳母家也有一個假壁爐，裝模作樣的。有一天他們要烤肉，我岳父就說，幹嘛不乾脆在壁爐裡烤呢？我岳母說，你難道是白癡嗎？那是假的壁爐啊！我岳父說，有什麼差別？我岳母說，那上頭根本沒有煙囪，煙怎麼出去？你懂了吧？沒有煙囪。」

「這上頭是煙囪。」

「那是假的。」

「所以我剛才問那是眞的還是假的。」

「你問的是壁爐，不是煙囪。」

「那有什麼差別？」

這麼說來，這蹊蹺就不在壁爐上了。

也太滑稽了吧！壁爐是假的又如何？大部分的咖啡廳根本沒有壁爐。不過，某些神經質的警察也許會聯想到藏屍體什麼的。工作性質的緣故嘛！

穿旗袍的女服務生問他們要不要來杯咖啡？

「我不喝咖啡。」花臉的警察說。

女服務生說她去煮咖啡來。

所謂的花臉，有點難解釋，並非臉上有花紋，或是滿臉青春痘痕，或是有傷疤什麼的。可能是皮膚的紋路、顏色之類的問題，任何人看到了，都會覺得是張花臉。

圓鼻子的警察半蹲著觀察那壁爐。順勢觀賞起牆上的壁紙。「那後頭有什麼別的生意吧？」

女服務生走了，進來一個留著小平頭的男人，是飯店的經理，女人第一次見到他。

「什麼也沒有，那裡是廚房。」飯店經理說。

「我查過了，你是有前科的。」花臉的警察說。

「以前的事，都過去了，沒什麼好說的。」

「像你這樣的人，曾經也是很勇猛的吧？」

「我小的時候，身體不太好，結果變成同學欺負的對象。升中學的時候，體重才三十公斤。」經理摸著一公分長的粗硬頭髮說。

「你一定是在開玩笑。」

經理是個塊頭很大的大個子，站起來像是巨人，加上個小平頭，黑皮膚，滿臉上坑洞，有那種被謠傳殺過人的話，很容易被相信的條件。

「一點也不。你看看我的牙齒，」經理張開嘴，用食指敲了敲門牙。「非常整齊吧？整齊又美觀，簡直可以做牙膏廣告！就是做那種給菸蟲專用的美白牙膏廣告也一點不慚愧。不過，我是不需要那種東西的，因爲這兩排牙齒都是假的。以前當學生的時候，給學校裡那些流氓打掉的，到頭來只剩下寥寥幾顆，詳細數目都給忘了。有些不是當場被打，就從嘴巴裡跟著鮮血一起吐出來的，而是到了二十幾歲的時候，慢慢掉的。大概是以前挨揍的時候，變得不太牢固。後來賺了一點錢以後，就去裝了假的牙齒。裝牙齒的過程實在很辛苦，又費時。你想想看，常常幫派裡要集合的時候，老大在叫你的時候，你卻得說，我要去看牙醫。反正，總共搞了兩個多月，受了不少折磨。不是有人說嗎？沒有人不怕牙醫的，牙醫比變態殺人狂還恐怖。假牙還沒做好的時候，醫生用那種塑膠做的暫時牙齒黏在牙齦上，結果那時候我和兄弟們去找仇家談判，和對方面對面的時候，我的牙齒突然掉下來了，是一整排全掉下來。有的時候那種暫時的黏膠很牢，到醫院裡的時候，拔都拔不下來，醫生還得用箝子和榔頭敲，弄得我想殺人。有的時候又很不牢固，吃水果也會掉。那次就一下子，我是說一瞬間，全都一起掉下來了。我當時嚇了一大跳。愣了好半天，根本不知道怎麼反應。很好笑吧？大家應該全笑倒了才對。當時我們是很威風地在恐嚇對方，這麼一來，氣勢恐怕會全沒了。不過，大概是上天保佑，對手居然也嚇壞了，結結巴巴的，像見到鬼一樣。」

「你有服用類固醇吧？」

「你是指現在的身材？跟那個無關啦！」

「你殺過人吧？」花臉的警察問。

經理搖搖頭。經理的頭形很好，頭頂尖尖地禿起一塊，從背後看則有良好的弧度。

「殺過人，只是沒被抓吧？」

經理用手指摳了摳下巴。「我的力氣很大，用刀子的話，可以捅得很深。」

不過，其實只有被殺的經驗而已。肚子上有一道很深的傷痕，當初被砍得腸子都掉出來了哩！這當然是不便說的。

「我沒試過，你試過嗎？」花臉警察問他的同伴。

「你曾經有過周圍的人好像不知不覺地越來越少的感覺嗎？」有人在耳朵邊呼著氣，女人嚇了一跳，什麼時候女服務生挨過來了。

「早上醒來的時候，我就開始數著周圍熟識的人的數目，數了好幾次，總是一下子就弄亂了，搞不清楚這個人算過了沒？那個人是不是漏掉了。」女服務生說，「只是想得到一個確定的數字。結果數著數著又睡著了。」

啊？

「好比說，原先住在巷子口一個女生，下巴尖尖的。」誰？這是說的誰？愛密嗎？

似乎有人曾經問起她。

「下巴尖的那一位嗎？我覺得太尖了一點。不過有人說那樣很好看。她自己說她小的時候下巴就那麼尖了，結果親戚看了就說，下巴生得那麼尖，可以當明星了。原來下巴尖就可以當明星。你覺得那樣好看嗎？」這又是誰在說話？鬱金香？

「哪樣？」

「下巴尖尖的，像這樣。我也可以把下巴弄尖，不過，底下的牙齒就都跑出來了。」

「原來如此。」

「那個尖下巴的女生有一天被一個男人帶走。那個人說會帶她去當明星，看來她會變成明星眞的是注定的。大家都猜她會去香港。」

「她去香港了嗎?」

「也有人說應該是日本。不過，我很注意香港和日本的影劇新聞，從來沒看見她。可能她換了一個名字。」

「如果你有她的消息，你會告訴我嗎?」

「我猜她正在斯里蘭卡，或者辛巴威。我可從來沒有收到那些地方來的信。」

鬱金香說母親走的時候沒人認爲她會回來。不過她只去了三個月，回來的時候做了一個假的胸部。她沒有說那三個月裡頭發生了些什麼事情。鬱金香想她八成去了很多地方。母親後來又跑了，沒有再回來。

這一天聽到好多人說天氣變冷了。女人覺得好驚訝。

「一下子溫度降了好多，害我躲在棉被裡，出都出不來。」

「昨天太陽還張狂得哩!聽說明天還要冷。」

「冬天已經來了嗎?」

一直到晚上，女人都不覺得溫度有什麼變化。

女人所有的衣物就是一件薄運動外套，裡頭是褪了色的棉質連身洋裝，腳上是一雙塑膠拖鞋。

女人討厭冬天。灰色的天空和濕冷的空氣會讓人覺得很沮喪。好像伴隨著什麼悲傷的記憶。

仔細回想的話，其實沒有什麼悲傷的記憶。不過女人沒有很用力地想。女人覺得很用力地想容易長腦瘤。

夜裡的巴士站很冷清，半個等車的人都沒有。

「喂！該不會是死人巴士吧？」女人問司機。

「開什麼玩笑。」對方說。

「我是唯一的乘客？不會告訴我，巴士上其實站著一大堆人吧？」

「你是指鬼嗎？」

「巴士一開動，兩邊倒退的都是陌生的景象，結果開到墳場去，把乘客都給吃掉，我說的沒錯吧？」

「你是不是頭腦有問題？」

「我只是想確定一下。」

死人巴士也挺有意思，不過，花了好多錢買的是眞的巴士的車票。如果是往墳場的死人加班巴士的話，應該是免費的。女人不想當冤大頭。

女人選了一個靠窗的座位坐下。

因爲是坐夜車，看不到什麼風景，女人打算睡一覺。

女人閉上眼睛。

巴士開動的時候，女人聽到蟲叫聲。叫得很響亮。

蟲子不是都應該在夏天叫的嗎？夏天不叫，冬天卻叫起來，不知道有什麼意義。

## 7

女人第一次來到S城市。

在天橋上，女人看到大樓上的巨型螢幕。

一個大舌頭的女人在那上頭教人最流行的穿著。

女人興味盎然地趴在天橋的欄杆上看。

女人在那裡看了很長一段時間，直到下起雨來了，都沒有感覺。

女人的長頭髮幾乎濕透了。可見得雨若不是突然下得很大，也至少下了一段相當的時間。

女人的頭髮像是濕透的毛毯一樣批在背上。

女人抖了幾下。是因爲冷，不是像狗那樣，爲了抖掉身上的水。

屋簷底下擠滿了躲雨的人。

有人拉住女人的手臂。是鬱金香。

上回見到鬱金香，還是十七歲少女的模樣，如今看來卻像超過三十的婦人，一張臉像是吸飽了水的白饅頭般臃腫。

「你會說英語嗎？」鬱金香問。

女人茫然地看著鬱金香。

「我會用很快的速度念二十六個字母喔！」鬱金香說。「要不要我念給你聽？」

女人沒說話。

「你想學好英文嗎？」鬱金香手中拿著一疊資料。「很快很快，世界上最快的。如果有一個機會可以讓你一面玩，一面說英文，你願意嗎？」

女人發現鬱金香說話有點大舌頭，很像剛才電視上那個女人。

「你曉得今年最流行的服裝嗎?」鬱金香說。

「一面玩潛水、拖曳傘、高空彈跳，一面說英文。你平常做什麼休閒活動?」鬱金香翻開一張紙，打開原子筆蓋。

「上次在夜總會很好玩兒呢!」女人說。「你記得愛密嗎?」

鬱金香抬起頭，「我幫祖父洗澡。他很老了，有很多垂下來的皮，很嚇人。要掀起來洗才行。有的時候我偷懶。結果爸爸說那樣會藏很多污垢。」

鬱金香要女人幫忙塡寫問卷。

「你要加入會員嗎?說是，或者不是。」

女人沒說話。

「你知道人身上哪裡最髒嗎?我以爲是屁股。結果爸爸說是腳趾頭中間。他說那是科學家證明的。」

「我在來S城市的火車上夢見過你，我終於想起來了。」女人說。

「你在拿我尋開心嗎?我告訴你，我受不了了。我不會做到半個業績。」鬱金香把紙張丟到地上踩。一下便全部讓污水濕透了。「我完了，我眞受夠了。我的頭腦被媽媽占據了，雖然她早死了。她跑了以後不知道做了多少齷齪事，我沒見過她，可是最近她侵占了我的頭腦，你知道嗎？我還在看精神病醫生。」

女人看見鬱金香在哭。

女人後來又想那或許是雨水。

這裡的雨水據說有強烈的腐蝕性。

女人看見鬱金香的臉全都被腐蝕了。

## 8

劇場在一棟老舊的建築物地下室。巷子裡頭，很難找到的建築。沒有任何標記指示地下室的入口。劇場的招牌隱藏在黑暗裡。

樓梯間的燈明明滅滅地閃爍，家長牽著孩童，拖曳著的隊伍好像魚貫往地獄裡走去。

樓梯口有一堵牆擋在那兒，很突然地。

繞過那堵牆才看到舞台。紙造的布景、保麗龍道具、廣告顏料塗鴉的蹩腳繪畫，一點也禁不起最馬虎的肉眼的考驗。

觀眾集中在某些區域，因爲好些座位的天花板上漏水下來。稀稀落落的掌聲完了，抑揚頓挫的念白傳來。故事是描述一個邪惡的科學家製造了一個機器人想毀滅地球。卡蜜兒扮演的是那個邪惡博士，穿著一件用廉價質材做的銀色緊身衣，走路一邊扭動，活像隻瘦皮猴。他念起台詞來口音混濁，腔調令人起雞皮疙瘩，動作誇張，完全發揮了他那娘娘腔的調調。演他的助手的是一個暴牙、短下巴、肥胖、身材像一只酪梨的女孩，穿著銀色迷你裙，手上和腿上纏繞著鐵絲，綳出一圈一圈肥肉，講話做作地一句一句斷開來，中間的喘氣聲令人坐立難安，舉手投足與卡蜜兒一樣地裝腔作勢。機器人出場的時候，得到全場兒童的歡呼。機器人其實嚴格說來是一只鐵桶，一個人站在鐵桶裡，頭和手腳伸出來，行動遲緩笨拙，而且沒有台詞。

「我就說，不該帶阿吉來看這種東西，阿吉的智商太高了。」坐在我旁邊的一個太太小聲地說。

「是你說這是一個關於科學的故事。」

「那是傳單上這樣寫的。」

「阿吉，你覺得無聊嗎？」母親問她的小孩。

母親伸出一隻手溫柔地撫弄小孩的頭髮。

叫阿吉的小孩沒反應。

「阿吉，戲好看嗎？」母親又問。

「你難道自己看不出來嗎？說有多難看就有多難看。」那父親說。

「阿吉，你看看，這裡有好多小朋友。」母親回過頭張望了一下說。

「都是白癡。」父親說。

坐在兩人中間的被稱之爲天才的小孩，頭髮梳得很整齊，極安靜地望著舞台，塑像一般，但是卻不像在看台上演的故事。

「像你這樣的智商，怎麼會生出天才的小孩呢？是你在外面跟誰偷偷生的吧？」那父親又接著說。

母親用鼻子哼了哼氣。「這麼說來，你也承認你是個低能！」

「你看看那個矮個子，分明是個同性戀。」父親指著卡蜜兒。手指關節骨碌骨碌地突起。

「你能不能講小聲一點？」女人望了一眼她的兒子。

好在那兒子沒有對這有可能污染身心的話題發生任何反應。

「你下回應該問問醫生這方面的問題。」父親想了一下說。

「什麼問題？」

「阿吉在學校裡只跟女生玩兒。」

「那表示他很有女孩緣。」

母親捧起小孩的頭，親了一下。

「這個年紀的小孩應該跟同性朋友玩在一起才算正常。」

父親說，想起來小時候同玩伴一起嬉鬧的景象，不是有那麼些英勇的遊戲，粗暴的，滑稽的，興高采烈。那些喧鬧彷彿在耳邊響起。

小孩仰起臉。「爸爸媽媽，你們會跟我同一天死嗎？」小孩問。

戲一結束，觀眾很快地便散場，根本沒等演員謝幕。

父母帶著孩子們離開，整個地下室有一種嗡嗡的聲音，在濕悶的空間裡迴盪。

末了一些觀眾鑽進後台，一間狹小的化妝室。轉眼間擠滿了人。

「去吧，和那隻鐵桶打招呼。」母親蹲下來，對她的孩子說。

那孩子猶豫著。

「你不是剛才一直吵著要跟鐵桶說話？快去吧！」

小男孩望著鐵桶人，臉上是一種難以形容的表情。那母親緊緊抓著小男孩的手臂，好像指甲要陷進小男孩的肉裡去。

「告訴鐵桶叔叔你叫什麼名字。」

「不是鐵桶，是機器人。」小男孩說。

母親顯得很疲憊，從皮包裡取出面紙，擦了鼻頭的油。她仍蹲在小男孩身旁，但是因爲蹲得腿都疼了，輪流把左右腳伸長出去鬆鬆筋肉。

「什麼機器人？你不是說喜歡鐵桶？剛才不是說要看鐵桶？」母親耐著性子說。

扮演機器人的演員走過來，伸手去摸小男孩的頭。小男孩往後退了一步。很艱難地，求救地望了母親一眼。

鐵桶人是個兩眼混濁的老頭，因爲眼白發黃，眼珠又彷彿褪色成濃稠的黃灰色，兩者已經快趨向彼此的中間色，分不清哪裡是眼珠，哪裡又是眼白了。那隻伸出來要摸小男孩的手還停留在半空中，連指甲也掉光了。

母親搗著嘴站起來，拉著她的小孩。小孩歪曲地擠在母親身旁，臉貼著母親的大腿。

老人咧開嘴呈一個笑的嘴型，嘴裡沒有牙齒，喉嚨裡卻發出一種類似咆哮的聲音。老人傾身向前，一路發出乎隆乎隆的聲音。像一列豎立起來的蒸汽火車，正要倒塌下來。

那母親的身體開始搖搖晃晃，像海草那樣搖擺。

「喂！這裡好熱呀！」旁邊的一個女人靠過來說。她卻仍穿著呢大衣。

「我的頭有些暈。」

「你也察覺到了？這裡空氣很不好。你想到外頭談談嗎？」

「好棒！這個節目好棒。」一個聲音洪亮的中年男人向卡蜜兒走過來。攤開手，像一個華麗的歌劇演員。但他穿的是深色的西裝，不是絲絨袍子。

「喂，你眞的不想試試看，一定會讓你那玩意兒站起來的！」那個演助理的女孩露出諂媚的笑容對卡蜜兒說。

聲音洪亮男人身後跟著一個穿著體面的女人，女人手裡還捧著一束花，一大束桔梗和香水百合。

「兒童劇是最有益兒童身心的。」那女人高舉著花，以防被碰壞。

「走開走開！花癡！醜八怪。」卡蜜兒揮著手。

女人愣了一下。她縮在腦後的貴婦髮髻垂落下來許多凌亂的髮絲。臉上厚厚的妝有些龜裂。

「要不，你放在我嘴裡也行。」演助理的女孩又說。

「別令我作嘔了，我眞是受夠你，幸虧今天是最後一場。」

「好吧！我做出最後的讓步了，你搞我後面，跟你和那些男人搞的一樣，而且你看不到我的臉。」

「你有神經病。」

卡蜜兒轉過臉。

「我們是不是可以照一張合照呢？」歌劇演員的臉頰因爲污濁的空氣泛紅。

卡蜜兒用雙手摀著臉頰。「你們眞是一些好人。」

「怎麼樣？誰來幫我們照呢？」那貴婦模樣的女人說。

小男孩拉了拉母親的衣角。

「幹什麼？」

順著小男孩指的方向看過去，是掛滿戲服和道具的衣架。母親瞄了一眼，又回過頭來。

母親向前去，接過相機，她發現那妻子臉上的裂紋又延伸、分叉了幾個不同的方向。

「你裝了底片嗎？」那做丈夫的漂亮地欠一欠身。他的氣質不凡，很有一股王者的威儀。

「這卷是拍了一半的。」

「不是叫你放新的底片嗎？」

「那裡有人死掉了。」小男孩尖聲說。

「你們也徵求兒童演員嗎？」母親突然問。

小男孩盯著衣架那裡。

堆置頭套的角落後頭，有血慢慢流出來。

「好啦！我們要拍照了，看這邊。」

卡蜜兒露出職業性的微笑。

「一張就夠了嗎？」

「兩張吧！再拍個兩、三張。」

「是否要換個位置？」

「到舞台上拍如何？」

「妙極了。」

母親在相機裡似乎看到了什麼東西。

那些血像一種有機生物，面積越來越大，緩緩爬行、擴張，好像底下有好多好多腳，

那些肉眼看不見的腳以極快的速度動著，雖然對細小的腳而言極快，整體上卻仍然是遲緩

的。遲緩又笨拙。笨拙但是又具有威脅能力。

「這裡的空氣不頂新鮮。」

「你也有這種感覺？」

「我們要回去了。」

「你可以把名簽在這兒嗎？」

「哪兒有一股臊味？」

「是魚的味道嗎？」

「說到魚，我想喝魚湯。」

「對啦！不是有鰻魚羹嗎？你想喝那種東西？我喝過一次就不想再喝了。」

「那麼蛇湯怎麼樣？」

「我很喜歡喝蛇湯。」

一會兒，人都散去了。卡蜜兒和團員們去吃消夜。

「一起去嗎？」卡蜜兒問我。

我說不。

「走的時候別忘了拉上鐵門。」卡蜜兒說。

化妝室裡只剩下我。

這房間裡的確有一股腥臭，演員們脫下的戲服上沾滿了汗味、狐臊體臭、食物殘渣掉落在上頭既而腐敗的味道。

血還是在繼續擴張著版圖。

我在原地站著。出神地望著那些爬行過來的血，眼睛眨都沒眨。像見了新奇的事物一般，雙足黏貼在地上不能動彈。神智並沒有離開溫暖的巢穴飛走，只是不能克制那種焦距渙散，而眼球要飛出眼眶的感覺。

溫暖又純美的紅色，像小羔羊一樣乖順柔軟。我像山丘上的一個牧羊人，等著羊群走到腳邊。

一個男人從衣架後面走出來。

他的臉看起來極端凶暴，像狼犬那樣。我在鄉下的鄰居曾被自家的狼犬咬斷喉嚨而死。爲什麼會咬死自己的主人？凡是眞正喜歡狗的人都不相信。

他的長長的頭髮像鋼絲一樣糾結著。猙獰扭曲。像一頭獅子。

一隻手臂腋下用一根木頭拄著，因爲他只有一隻腳。另一隻腳在小腿以下截去了，那裡用布紮著，不夠緊，血從那邊湧出來，滴滴答答地落在地上。

那人走過來，揑住我的臉，很有力的。我感覺我的臉骨快要碎裂，骨頭裡那些小小的質地正在緊張地相互摩擦。

「你要死了。」我說。「你流了好多血。」

「所以你一點也不怕我？」

「你得去醫院。」

「有菸嗎？」

我遞給他一枝新樂園。爲他點了火。

「你知道這隻腳是怎麼回事？」

我不知道。當然。

「我自己切斷了，弄了好久好久。我被鐵鍊鎖住，弄不斷鐵鍊，只好弄斷腳。我以爲比切斷鐵鍊容易，結果卻好辛苦。」他用舌頭舔一舔乾澀的嘴唇。嘴唇的表皮脫落大半了。

鄉下的白蟻最多了，白蟻的翅膀會掉落。那嘴唇的表皮就像白蟻翅膀的顏色。

「用一支小刀，慢慢地切。很難，特別是骨頭的部分。你想看看那支刀嗎？」

他沉默著，沒有意思要去找那支刀。

我在鄉下的時候，曾經救過一隻貓。一隻腳掌被捕獸夾夾住的貓。雨天的泥地裡，貓拖著捕獸夾和鐵鍊匡噹匡噹地跑著，我跟在後頭追。貓躲進小貨車底下，我也趴在地上守著。我和貓一樣，滿身泥濘。

我後來抓到那隻貓了，貓咬著我的手臂不放，牙齒深深地陷進肉裡。受傷的動物最是凶猛，因爲恐懼。貓的前腳，被捕獸夾箝得斷了一半。

打開捕獸夾以後，貓跑了，斷了一半的腳晃著，三隻腳仍跑得飛快。人家說牠大約也活不了了，傷得那麼重。

正確的做法，應該是扭斷貓的脖子。讓牠免受痛苦。

我的手臂靠手腕的地方留著貓的齒印，整個前臂腫得有兩倍粗，幾天疼痛麻痺得自肩膀以下都不能動彈。

「爲了切斷這隻腿，搞了好久好久啊！我剛才說過了嗎？」那人抬起頭。

「說過了。」

「好久是多久？」

他露出疑惑的表情。

「我在想，好久是多麼久？好久很令人害怕。」

他靠近過來，摸我的頭髮。

我注意到他的手一直在抖著，菸頭已經快燒到他的手指。

那顫抖彷彿空氣裡的一種震動，震動一直傳過來，我的頭也跟著一起被震著，震得好難受。

「你可以抓著我的手，讓它們別再抖嗎？」

我伸手過去，握住他的手。他的手像兩塊大理石一樣冰冷。

香菸掉落在地上，菸灰彈起來，星星閃爍的火花無聲地張開、落下。

「我看起來怎樣？」

「很痛。」

「我是這樣嗎？」

「我是。」

「什麼意思？」

「我覺得很痛。」我有點哽咽。

「如果你不惜一切地想逃走的時候，你會這麼做嗎？」

「爲了逃走嗎？」

我的眼淚不聽使喚地落下來。

「你怕了？」

「怕什麼？」

「我想睡一會兒。」

他說。停頓了一會兒。「我睏了。」

「你爲什麼要逃走？」

「你在說笑嗎？」

「如果不逃走，會被殺死嗎？或者，有人會殺死你重要的人嗎？或者，有什麼更痛苦的事？」

他把眼睛往上翻了翻。「非這麼做不行。」

「爲什麼？」

他垂下眼，彷彿睡著了，吐出低低的鼻息，然後他抬起長長的睫毛，發出唱歌一般的聲音。「他們把我遺忘了。」

## 9

我是被什麼東西驚醒的？不記得了。睜開眼睛的時候，看見無聲無息雪漫天在飄落。

我揉揉眼睛。

雪啊！是雪。我跳起來，兩隻手握緊了拳頭用力地敲著窗子。

我急促地敲著窗櫺，用頭去撞玻璃。

嘩啦嘩啦撞破了玻璃窗，爬出窗戶，鑽出那些碎玻璃，落在地上，在黑暗的大街上跑著。

頭髮上黏著好多玻璃碎片。

我從來沒有看過雪！

光著腳拚命跑拚命跑，從街頭跑到街尾，穿過巷子，繼續跑。我根本沒有看前面，只是有路就跑。

這裡從來沒有下過雪。難道沒有人驚訝嗎？整條街都下雪哩！

天氣很冷，冷到零度以下，我只穿著單薄的棉布洋裝。

月亮灰蒙蒙的，雪像雛鴨被拔光的茸毛乏力地飄著。

我用盡全力跑。

「下雪啦！下雪啦！」我大聲吼叫著。

很生氣，氣得身體顫抖著，也不知道自己爲什麼要生氣。

「下雪啦！下雪啦！」吼叫不知不覺間變成在唱歌。

我停住腳，站定了仰起頭看天空。

天空好黑喔！夜晚的天空應該是深藍色或是灰色。

看著密密麻麻的雪在天空旋轉，我的頭暈了。

下雪啦！下雪啦！整條街的人都死光啦！

我以前有一隻貓，身上沒長毛，媽媽把牠關在籠子裡。人家說，貓是不能關在籠子裡養的，所以我偷偷把牠放出來。結果牠一直跑一直跑，我一直追。我說：「你一直跑要跑到哪裡去？你要跑到世界的盡頭啊？」

# 女神

忽然間就睜開眼睛，不是慢慢甦醒那樣，微微地撐開眼皮，顯出不怎麼有意識的模樣，然後眨眨眼，弄不清楚自己的清醒是怎麼回事的樣子，不是那樣，而是很突然的，啪地就睜開眼，眼神直接又銳利地轉到我臉上來了。

醫院打電話來的時候，琉花已經整整昏迷了三個禮拜。「你告訴他們，我自己都還需要救濟哩，我怎麼可能去管那個莫名其妙的傢伙？」母親對醫院頻頻打來的電話煩不勝煩，她拒絕接電話，免得和那邊的人惡言相向。

我們在這之前，從來沒聽過琉花的名字。

「最近沒有再打電話來了。」我說。

「那個人一定是騙子，」母親很高興地說。「知道我們不會上當的。」

如果現在還沒有醒來的話，就叫作植物人了吧？我這麼想著。

會去看琉花是很偶然的。因爲工作的關係到南部去，回程的時候，會經過琉花住的醫院，那時候想著，琉花還在那裡吧？才一這麼想，車子就發出砰地一聲，頓時冒出嚇人的蒸汽。

竟然拋錨了！

醫院那邊的人看到我來，顯得鬆了一口氣。

琉花靜靜地躺在病床上。

「外傷其實沒有太嚴重，原先腦部有很大的血塊，現在已經消失了，但是她一直沒醒來。」醫生說。「我們仍然不能確定她昏迷的原因，但能做的都已經做了。醫院能夠提供的就是這些了，如果這樣的情形持續下去，可能要轉到其他的地方去了吧！」

醫生和護士離開後，病房裡只剩我和琉花，我看著琉花的臉，說不上來是什麼感覺，一定要形容的話，有點像因爲吸了大麻結果搞不清楚自己爲什麼出現在這個地方，身體雖然向著前方，腳卻已經朝著反方向想跑掉。

琉花就在那個時候，不可思議地忽然醒過來了。

忽然間就睜開眼睛，不是慢慢甦醒那樣，微微地撐開眼皮，顯出不怎麼有意識的模樣，然後眨眨眼，弄不清楚自己的清醒是怎麼回事的樣子，不是那樣，而是很突然的，啪地就睜開眼，眼神直接又銳利地轉到我臉上來了。眞的很恐怖，活像驚悚片裡頭，那種被殺死的妖怪或殺人魔之類的，突然復活的場面，那一剎那，我確實有「琉花不是人」的感覺。

「你來啦！」琉花說。

嚇死人了。

我點點頭。

「怎麼也不說你是誰？」琉花狐疑地說。

「我以爲你已經知道了。」我心虛地說。

「怎麼可能？我可是第一次見到你。」琉花說。「我們見過面嗎？」

一直到醫院這邊照顧琉花的社會福利人員打電話來，我們才知道，原來母親還有一個同父異母的妹妹。外公已經過世很多年了，沒人知道有這麼一個人存在。琉花出生在泰國，後來在那裡長大，總之，大家都不想承認琉花的身分，外公死了，這件事自然是死無對證。何況琉花發生車禍重傷，一直處於昏迷狀態，說不定就是植物人了，誰都不想對這個天外飛來的陌生植物人負責。

但琉花卻醒了過來。

我在電話裡告訴母親，琉花醒過來了，既然都已經見面了，實在沒辦法把她丟在那裡不管。母親雖然很懊惱，但是也很無奈。琉花又住院一個多星期，傷勢已經沒有大礙，因爲沒地方可去，只好跟著我回家。

琉花住在我家，一點也沒有不自在的樣子，因爲妹妹已經搬出去住了，琉花就住她的房間。原本母親想把那個房間租出去，賺一點零用金，但我和母親對屋子裡有陌生人走動的感覺一直很排斥，這件事也就耽擱下去。現在琉花住進來，自然也不可能把房間租出去了。「都是你，早叫你把房間出租的條子貼出去，你卻拖拖拉拉的，要是房間租出去的話，那個傢伙也沒辦法住進來了。」母親說。

請神容易送神難，這是母親對琉花待在我們家的評語。琉花在此地應該還沒有居留權吧，但是她已經興致勃勃地表示要在此定居了。

「那種事情很容易解決的，」琉花說。「放心好了，我想跟親生爸爸的親戚住在一起。現在這種感覺很好，你們難道不覺得？」

雖然是母親的妹妹，換言之，就是我的阿姨，但琉花卻比我還小一歲，結果我竟然有把琉花當作妹妹的感覺。

琉花很快就適應我們的家庭生活，我和母親過的日子很簡單，母親是電腦程式設計師，每週有三天要到公司去上班，其他的時間在家工作就可以了。我在書店裡工作，餘暇的時間我學空手道，看看電影，也喜歡去KTV唱歌。琉花平常喜歡逛街、聽音樂，沒多久她就瘋狂迷上唱KTV，每週有一次我們會三個人一起去唱歌，琉花甚至會一個人去。

「你見過我父親吧？」我和琉花兩個人去唱KTV的時候，琉花忽然問。「他是什麼樣的人？」

琉花的父親就是我外公囉，這眞是很奇怪的感覺。「我並不喜歡他，」我老實說。「其實我沒見過他幾次，印象裡已經是脾氣古怪的老人了。我想他也並不喜歡我，我對他的了解，都是從母親、阿姨、舅舅他們偶爾交談得到的。雖然是他們的父親，但也不表示是聖人，公正客觀地講，大概是個無情又自私的男人吧！」

琉花聽了露出若有所思的表情。

「做這樣一個人的孩子，難道沒有因此受到傷害嗎？」琉花問。

「內心深處裡也許眞的有毀損過什麼東西，但早就不去想了吧！」我說。「我媽媽十六歲就離開家了，應該早就忘了以前的事……或者刻意當作沒有發生。再去想那些沒有什麼意思啦！誰都不能彌補你什麼，能彌補你的只有你自己。」

琉花笑笑。

「本來我想，如果你們一直都過得很幸福的話，」琉花說。「我就會殺了你們。」

住在樓上的老頭子有一天在門口散步，看到我回來，「你們家新來的那個菲傭，脾氣眞的很壞。」這麼對我說。

一會兒我才想通他說的是琉花。琉花雖然是半個泰國人，但皮膚很白，長得不像我外公，應該像她母親。琉花的臉孔很漂亮，就像那些泰國明星、模特兒一樣，眼睛很大，稍圓的瓜子臉型。從外觀來看，很難聯想到菲律賓或者印尼人，不過，琉花說的中文腔調帶有很濃的泰國口音。琉花的語言能力很好，因爲養父母是美國人，說得很好的英語，來此地沒有多久，中文竟然已經說得很順了。

琉花好像跟老頭子大吵了一架。回頭我質問琉花怎麼回事。

「哼，那個老頭子已經是活死人啦！」琉花不屑地說。「有些鬼故事裡頭說人死了自己還不知道，照樣過日子，他就是這樣。」

琉花有個毛病，能夠一眼看穿別人的痛處，毫不留情地說出來。樓上那老人，據說得了什麼不治之症，原本醫生說活不了半年了，但是一年半過去他還活著，也沒衰弱到癱瘓的地步，該說是有很強的意志力吧！是很好強的傢伙。

「別因爲人老了，病弱，就統統變成好人，」琉花說。「那個傢伙以前年輕的時候是個沒心肝的壞蛋，從來就沒覺悟過。」

琉花說得沒錯，這裡的人都很清楚，老頭子以前是公務員，私底下其實是以敲詐勒索維生，後來還競選過縣議員、立法委員之類的，都沒有成功。

「要傷害別人很容易，不是只有你知道，」我說。「對別人的過錯，睜一隻眼閉一隻眼就好了。」

「假裝對別人很寬大，其實是自己無能。因爲不敢傷害別人，就解釋成原諒。」琉花冷笑。「最看不起你這種濫好人，假惺惺。」

被琉花這樣說，我非常生氣。但琉花自己不覺得做錯什麼，彷彿什麼也沒發生的樣子。那時候的我，正在和我的空手道教練交往，有一次約會，琉花剛好在附近逛街，就說要過來一起吃飯。

「喂，要是敢做出對不起我外甥女的事情，我可不饒你。」琉花對我的空手道教練說。聽到琉花稱比她還年長的我爲她的「外甥女」，實在很好笑。我說我也會空手道，不用她擔心。

「你在說什麼廢話，」琉花瞪了我一眼。「他是你的教練，你怎麼打得過他？我眞搞不清楚你這個笨蛋。」

我的空手道教練尷尬地笑笑，沒說什麼。

晚上琉花跑到我的房間來找我。「那個傢伙不是什麼好東西，他從頭到尾都不敢正眼看我一下哪！」琉花說。

「那是你的問題，不是他的問題。」我說。

琉花不情願地走開，臨走還說我可別後悔。

「咦，這個包裹是什麼時候寄來的？」

有一天我發現在書架底下的雜誌堆當中，有一個大牛皮紙袋。是從泰國寄來的，寄件人的名字叫作古菲，是我從來沒聽說過的人。

母親跑過來看。「好一陣子了，寄來的時候你不在，我放在書架上，大概不小心掉下去了。」母親說。

確實是寄給我的東西，就拆開來看了。

裡頭是一大疊文件，附有一封信。

「琉花說要去找你，我想了很久，有些事情也許有必要讓你知道。」信裡這麼說。

琉花請私家偵探調查她的生父是誰，住在什麼地方。然而在找出琉花身世的過程裡，這個叫古菲的偵探卻被琉花迷住了。

我不是說，這是類似偵探愛上女委託人那種庸俗的故事，古菲並不是墜入情網，而是陷入強大的迷惑當中。

「任何一個人，如果遇到像我一樣的情況，不需要思索，腦子裡就會響著：快跑！」古菲在信中寫。

人是很奇怪的東物，既嗅到非逃走不可的恐怖味道，卻被好奇所蠱惑，變得盲目，忍不住陷入其中。

我翻了一下裡頭附的資料，除了一本報告書之外，另外還有很多從戶政機關、警察局、醫院等等機構弄來的文件，此外還有剪報、照片、日記本……許多零碎的東西。我隨意翻出一張證明書，竟然發現一個驚人的事實。

琉花在精神病院裡住了長達八年！

報告書裡詳細記載了琉花的身世。琉花的母親是個按摩女，外公是她的一個客人，懷了琉花以後，外公當然就拍拍屁股走了。有個富商之類的男人，有玩懷孕女人的奇怪嗜好，肚皮越是碩大的女人越合他的胃口。將大肚子的女人脫光綁在椅子上，先是用各種道具羞辱，再逼女人說出「等不及了，拜託趕快插我」之類的自虐的話，然後從背後進入。應召站透過按摩院找到琉花的母親，琉花的母親並不知道實情，當作純粹按摩的工作。那個時候琉花的母親已經懷孕八個半月了，事實上已經不再做按摩的工作，但是經濟上有很大的困難，別說是琉花出生以後養育的費用，連當下的日常生活也有問題，一聽說有生意可以做，且酬勞不低，毫不懷疑地就上門去了。眞的是頭腦很簡單的女人。

等到發現情形不妙的時候，琉花的母親很劇烈地抵抗，死也不就範，那男人惱羞成怒，猛烈毆打她，她舉起種有芭蕉樹的花盆——眞是力氣碩大的女人！可能是情急之下腎上腺素發揮作用的結果吧——丟向男人的臉，男人倒下之後（那男人後來死了），琉花的母親逃出飯店，昏倒在馬路上。有人把琉花的母親送進醫院，據護士的說法，開始時琉花的母親表現還算正常，幾天以後，卻吵著說胎兒已經死了，護士進入病房時，發現她已經上吊自殺身亡。死亡的時間應該還不久，胎兒卻還是活著的，醫生們緊急將琉花剖腹取出，放進保溫箱。

大概是在死去的母親肚子裡缺氧的關係，琉花生下來便很不健全，兩隻眼睛都有嚴重弱視，心臟的瓣膜也有缺陷，肝臟跟腎臟都很衰弱，腿部的骨骼也呈畸形。至於腦子的部分，也不樂觀。以後應該是個白癡吧！醫生們多少這麼想。

這樣的琉花仍然被一對白人夫婦收養。某些白人很有興趣將他們的愛分給落後國家的病童，這一對美國夫婦就是這種人，指定要收養亞洲的殘障孩子。他們對琉花很疼愛，並未把琉花當作殘廢者來看，在他們的照顧下，琉花的病情沒有發生太大的變化，有過一、兩次持續高燒的危險，但大致算是安穩地成長。

琉花八歲的時候，他們到印度去旅行（在這之前，他們便帶著琉花去過很多地方了）。不知道是在什麼廟裡拜了哪一位神，事實上，他們兩個在那裡參觀了許多廟宇，因爲對這種具有神祕東方色彩的東西很有興趣，不只是宗教上的好奇，也包括藝術性的鑑賞力，有些甚至是觀光客很少去的小廟，他們也興致勃勃地參觀、拍照留念。反正，因爲這其中的某一位神明賜予的奇蹟，琉花康復了！

不是那麼戲劇性地立刻就變成一個健康的人，像耶穌一摸癱瘓者的腿，那人就跳起來走路那樣，而是慢慢發生的。眼睛逐漸可以看清楚了，臉色也紅潤起來，腳慢慢不跛了，去醫院檢查，發現心臟、肝臟和腎臟的功能也變得很好。

琉花的養父母在紐約的藝廊與人發生一些糾紛，因此兩人決定移居到琉花的故鄉泰國，在那裡蒐購當地年輕藝術家的作品，經營美術品買賣的生意，其實是一些不怎麼樣的畫作、雕刻，只是很有異國風味，價格也不高，吸引的反而不是那種內行的客人。這樣的生活過得也不錯，一直下去的話，算得上蠻幸福的了，可惜琉花十五歲的時候養父母卻遭人殺害死亡。

就是在那個時候，發生了令人匪夷所思的事情。

當時琉花的養父母為了招待歐洲來的客戶，借了一個私人山莊舉辦派對，參加的人包括琉花的養父母和他們的一些當地生意上的朋友、一些年輕藝術家，和來自歐洲的客戶，總共有近二十人。派對上氣氛融洽，大家的興致都很好，晚上則留下過夜。琉花和養父母住在一間房間，然而半夜琉花醒來時，養父母卻都不在房間裡，後來發現他們陳屍游泳池畔。原因大約是生意上的糾紛，琉花的養父母原來在紐約的藝廊生意似乎涉及一些非法的事情，因為被人勒索，才狼狽地逃到泰國來，不料在泰國的生意又與人發生金錢上的過節，對方認爲被琉花的養父母所騙，找到他們在紐約的把柄來談判，結果發生劇烈的爭執。當天下大雨，發生坍方，導致從山莊離開的道路都封閉，在等待救援的時間裡，不可思議地除了琉花以外，全數人都重傷或死亡。

「不，我不是說，琉花是個危險人物。她只是，」古菲的信上有這樣的句子。「超出了我能理解的範圍。」

這是什麼意思？琉花殺了全部的人？這是不可能的，琉花怎麼辦得到？

「包裏裡是什麼東西？」母親走進來問。

突然從背後響起這樣的聲音，嚇了我一大跳，整個人震動了一下。

「抱歉啊，把你嚇成那個樣子。」母親說。

「沒什麼。」我說，不自然地用手遮住那些文件。

母親是個脾氣很直，可以說很率性，也可以說成是神經十分粗大的女人。其實她心地善良，想法很單純，不過，性子急躁，說話刺耳，是那種如果犯了錯，說什麼都不會承認的人。

竟然因爲如此，大概是跟琉花有些共通之處，即使表面上她刻意擺出收容琉花是一件麻煩又討厭的事情，事實上她很喜歡琉花的。

「跟琉花有什麼關係嗎?」她問。

我愣了一下。「你爲什麼那樣問?」

「從泰國寄來的嘛!」母親說。「幹嘛那麼緊張,神祕兮兮的。」母親看著我的表情,誇張地哼了一聲。「不告訴我也沒關係,我還不想知道哩!」

我把這一袋東西藏好,避免讓母親或琉花看到。母親好奇心很重,但自尊也很強,若是我不願意她知道的事,她就算再想知道,也會刻意做出不希罕的樣子。至於琉花,她根本就是大方地亂翻我的東西,一點顧忌也沒有。

琉花是被卡莉附身了!這是劫後餘生者說的。而這麼說的人,不只有一個。

到底被卡莉附身是什麼樣子呢?卡莉是印度教裡最窮凶惡極的女神,報復心重,且有強大的毀滅能力。根據傳說,卡莉脖子上掛著人頭骨項鍊,腰間穿著人的手臂串成的裙子,舌頭非常長,用來舔舐人血。

如果說,只有一個人看到琉花被卡莉附身的景象,那麼也許只是那人的幻覺,一般人不至於放在心上。然而,看到的人卻不只一個。

晚飯的時候,我悄悄看著琉花,總覺得報告書裡頭寫的人,不可能是眼前這個人。

「幹嘛,我臉上長著什麼嗎?」琉花奇怪地說。

打從一見到琉花，就有難以形容的異樣感，但這跟怪物不一樣吧？怪物。我竟然把琉花想成怪物。

「晚上到夜市裡去買盜版唱片吧！」琉花說。

「好意思說這個，那是非法的行爲。」我說。

「又來了，裝出道貌岸然的樣子。是爲了練歌去KTV唱啊，不是說好了和你的朋友一起去？我得多練幾首才行。買盜版的才省錢啊！」

「禮拜天我帶你去唱片行。」

然而我卻食言了。上空手道課的時候，我被一個女孩用力摔在地上，大概是摔傷了脖子，不但頭部劇痛，手腳都麻了，到了晚上，竟然連站起來都不行。母親緊急把我送到醫院。

「怎麼回事？你半身不遂了？」琉花問。

「什麼叫半身不遂，你不能說點好聽的？」我沒好氣地說。「我只是暫時不良於行而已。」

「誰把你害成這樣，我去收拾她。」琉花很豪氣地說。

「練武術嘛，這種事是難免的。」我說。「你別給我找麻煩。」

突然我想起報告書裡的事，心裡震了一下，我看琉花的表情孩子氣的大剌剌，與那種會做出恐怖事情的可能一點也無法連結。

雖然在琉花面前做出輕鬆的樣子，實際上卻很恐慌。我會不會眞的從此癱瘓了？頭痛欲裂，手抖個不停，腳也使不上力，琉花離開病房以後，我的眼淚不爭氣地掉下來。

不到一個星期我就出院了，還是得坐輪椅，什麼時候才能自己走路，醫生也說不上來，但前景大致還算是樂觀的。

我在翻閱書籍的時候，發現一張照片，是一個年輕女巫在祭典時被卡莉附身的景象。女巫赤裸著上身，手裡拿著長矛，舌頭吐出，很長的舌頭。圖片底下注明長舌頭是卡莉的特徵。

「琉花，」我看著那照片喊著。「被卡莉附身的時候，舌頭會變長吧？」

「什麼東西啊，你是說這樣嗎？」琉花轉過臉，我嚇得跌下椅子，差點昏過去。琉花把舌頭伸出來，舌尖一直長到下巴以下。

「這很奇怪嗎？」琉花莫名其妙地說。「我天生就可以喲！不是什麼難事嘛！」

這個，這個實在太驚人了。

驚魂甫定，居然覺得這確實不是什麼太離奇的事情。有的人舌頭可以捲成筒狀，有的人不行，這是很普通的事。有的人的舌頭可以舔到鼻尖（這種人的數量當然就少得多了），剩下的人則辦不到。這都是可以理解的。既然如此，自然也有的人舌頭可以一直伸長，長至下巴以下了。

「你受傷以來，那個傢伙有來看過你嗎？」

琉花說中了我的痛處。

「你知道摔傷你的人是誰？」

「是我的同學嘛。」

「笨蛋，是你的情敵啦，居然一點都不知道。」

我不知道那個人原來已經有女朋友了。

「你的頭腦眞簡單，被摔傷不是偶然發生的意外，是報復。」琉花說。

怪不得在一起的時候他總是很低調，好像怕被人知道的樣子，原來女朋友就在眼前一起上課。我眞是個呆子。

「怎麼樣，覺得生氣嗎？」

「走開，」我無情地說。「我想一個人靜一靜。」

我是不是生氣？當然，被欺騙、背叛，誰不會生氣，感覺自己像傻瓜一樣被人耍了，不只是情感受傷，自尊也被踐踏。我當然也可以不在乎，一笑置之，說沒什麼大不了的，日子還是得過，我可以有新的愛情，更好的對象，活得更快樂，但這種時候，我自知做不到。更何況，現在的我，還是個殘廢，也不知道什麼時候才能康復，說不定一輩子都要坐在輪椅上了，這是多殘忍的事。

不，不是殘忍而已，是不公平。

最讓人難以忍受的是不公平。我是受害者，被欺騙、玩弄的一方，我沒有對不起或傷害誰，卻受到懲罰。

母親進房間來，給我送來我最喜歡喝的熱奶茶，看到我的手抖得無法拿住茶杯，母親忍不住哭了。看到母親一哭，我也克制不住，大哭起來。

「噓——」母親說，「琉花已經睡了。」

母親離開以後，我把關於琉花的那一袋資料取出來，忽然沉思起來。紙袋的封口好像之前就被打開過了，打開以後又封回去的。是誰呢？母親或者琉花，都有可能。

琉花被逮捕了。

因爲縱火造成兩人死亡，琉花被收押。

我和母親去看琉花。琉花的精神看起來很好，反而我和母親表情顯得很沉重。

「呀，你可以走路了嘛，」琉花說。「害我白操心。」

琉花是爲了替我復仇，去放火燒那女人的房子。事實上，我的空手道教練也常常住在那裡。

「本來想啊，要是兩個人都一起燒死，就太好了。」琉花大言不慚地說。

可是，卻弄錯了地址，那兩人活得好好的，倒燒死了兩個無辜的小孩子。

「那樣做是違法的，你這個孩子怎麼回事。」母親嘆口氣說。

「法律是人定的，人算什麼東西？人只是傲慢、骯髒、愚笨的動物罷了。」琉花說。

「說這樣不可以做，那樣不可以做，只是怕受罰而已。法律也不過是可以唐而皇之地嚇人，沒有任何高尚之處。」

「本來就是不應該做的事情啦！」我氣急敗壞地說。「何況還傷害了不相干的人。」

琉花露出不耐煩的神情。「那有什麼辦法呢，我是一個精神有毛病的人嘛！」用耍賴的語氣說。

琉花好像要被送回泰國，我和母親都感到很難過。

「琉花到底是什麼毛病啊！」母親問。

我把那個牛皮紙袋拿給母親。

「我不想看。」母親說。

其實那個紙袋之前就被母親拆開過了，但她知道是什麼以後，卻沒有看完。想用自己的感覺去認識、判斷琉花，不想被無法親自證明的事情所左右，這是她的理由。

以前我常笑母親是神經粗大，此時我才發現是自己沒有她那樣強悍的自信，我爲自己的懦弱感到悲哀，卻無法否認。事實上，收到那個包裹以後，我寫了回信給古菲，信裡表明希望可以見面。早上我收到回信，郵差來的時候母親不在，我竟有種慶幸的感覺，我深怕母親知道我寫信給古菲，我爲自己的行爲感到心虛。

古菲說他一週以後會離開曼谷，到一個叫「瓔島」的小島去，會在那裡停留一段時間，如果一週之內我沒有打算動身，那麼就到島上會面好了。

我接到一通電話，是被燒死的兩個小孩的父親打來的。

「我的妻子堅持要見縱火的那個女孩，」對方說。「我也不知道這樣到底好不好，但她說什麼都要去。我們兩個，到現在都無法接受這個事實，不管是悲痛、憤怒，不管用什麼更激烈的心情都無法壓抑心裡更深層的不安定，總覺得不做件什麼事，就會發狂。」

「對不起，發生這樣的事，我實在很難過。」我低聲說。「我知道任何補償對你們來說都無濟於事，但我們還是會盡力……」

「我不是來跟你們要求什麼，」那人說。「我只是想告訴你我們的心情，我們要見那個人，是想知道答案。不得到那個答案，我們無法活下去。」

因爲對方夫妻的堅持，雖然很不情願，還是安排了他們和琉花見面。

然而這個見面，過程十分不愉快，是很失敗的安排。

「你們希望我說什麼？對不起？原諒我？該不會就想聽這些話吧？」琉花說。「或許這麼說嚴厲了一點，但那兩個孩子已經死了，死了也不可能活回來。」

「你只能說這些嗎？」那個做丈夫的憤怒地直視著琉花說。

琉花轉過臉，那表情令人不寒而慄。不是我所認識的琉花，而是一個陌生、遙遠、我無法理解的，密度更大的一個存在體。

「那兩個孩子，注定要死亡，你們想要的答案，只有你們自己知道。可是你們太愚蠢，就跟瞎子沒兩樣。」琉花說。

「小孩子是無辜的，他們還那麼小，難道你一點愧疚、悔恨都沒有？」那妻子紅著眼睛說。

琉花暴怒，拍著桌子站起來。「姑且我發慈悲告訴你們，那兩個孩子死了不是因爲他們自己，而是因爲你們。」

那個妻子忽然失聲痛哭，哭得很激動，一直哭到昏倒。

之後我又接到那個丈夫打來的電話，說想跟我見面談談。

琉花這件事，跟我有關係，畢竟琉花是爲了我殺人的，陰錯陽差害死了無辜者，我也難逃責任。然而我忽然感到恐懼，如果琉花眞的殺死的是那兩個人，欺騙我的男人和傷害我的女人，我會有什麼感覺？痛快？活該？或者一如我一貫的舉止，自欺的假慈悲？

硬著頭皮到約定的咖啡廳，那男人已經到了。見到那人憔悴的臉和空洞的眼神，我覺得很羞愧不安。

我坐下，男人沒說話，點了飲料以後，我們兩人都沉默。我心虛地望著桌面，男人則看著窗外。

「我妻子因爲精神衰弱，現在住進醫院。不，不只是因爲這個事情，她本來就有抑鬱的毛病，但這次她的打擊太大，我很怕她會崩潰。」

「我不曉得能幫上什麼忙……」

男人打斷我的話。「老實說，我一直想離婚。我有一個女朋友，我知道這樣說太絕情，我並不愛我的妻子。但我不能在她最脆弱的時候離開她。她知道我有外遇以後，很激動地說要殺死兩個孩子再自殺，我只好告訴我的女朋友，我們還是分開吧，但她卻說，她可以等，等兩個孩子長大。有一次我太太和朋友到花蓮去玩，在我開車去機場接她的途中，聽到廣播說有一架從花蓮起飛的飛機失事墜毀，我心中居然想著，要是她死了，一切就解決了，兩個孩子的安危也不必擔心了。」

男人停頓了一下。

「那女孩說的，我不是太明白，但是卻嚇了一跳。」

「有人說琉花是卡莉的附身。」我乾乾地說。

說出這麼莫名其妙的話，我自己也面紅耳赤，但是好像這是此時此刻唯一恰當的解釋，實在太諷刺了。

沒想到那人卻默默地點頭。

好像受到鼓勵一樣，原本有的那種荒謬、愚昧、不得體的感覺一掃而空，竟然滔滔不絕地講起來。「卡莉在印度，雖然是司破壞的女神，但我也想過，爲何人們會膜拜一種專門搞破壞的神呢？神究竟是自然存在的，還是人創造出來的形象？不管是哪一種，產生這種破壞力強大的神來，一定有某種原因。有一天我忽然想通了，所謂的破壞，也是人類定義的，膚淺、狹義地解釋破壞，就只是破壞罷了，但破壞有更廣、更深的定義，破壞就是生命，必須把蒙蔽眞相的東西打破，才能看見事物的核心。如果沒有破壞的話，建設也不存在，沒有破壞，就沒有生命。聽起來很矛盾，事實卻是這個樣子。」

一口氣講完，我拿起桌上的熱茶喝了一口，心臟撲通撲通跳，覺得自己也未免太大言不慚了。

「謝謝你啊！」男人沉默了半晌，才說，「我也沒有什麼可以毀滅的了。」

不，那不是卡莉的意思，我在心中想著。

看著男人的悲傷眼神，要是琉花，會怎麼說呢？

琉花回泰國的時間剛好出版社舉行為期一週的回頭書大拍賣，每天從早上十點到晚上八點，店裡頭都擠滿了人。因為不但售價超低，且很多書雖然是從各處書店退回來的，事實上卻都還是十分受歡迎的新書，跟暢銷書放在一起對只看通俗書籍的人來說也許沒有太大的吸引力，對喜歡看書的人來說，當中卻有很大一部分是非常值得一讀的好書，就是因為如此，一整天從早到晚忙著結帳、將新運過來的書排列到架上，一刻都停不下來。

清倉結束以後，跟母親說因為忙到發昏，想到島上度假，母親沒露出半絲懷疑的表情，「既然是去島上度假，一定要曬夠陽光噢！千萬別難為情，儘管全裸躺在海灘，別忘了正面和背面都要曬個均勻啊！」母親說，「泳裝的話，還是穿比基尼比較好，你只有連身的泳裝吧？到那個地方還穿連身泳裝會被人看笑話的。趁著小腹還算平，不穿比基尼以後會後悔，女人的小腹早晚會凸出的，到那個時候，怎麼都沒辦法穿低腰的迷你泳褲啦！」

和那男人一起去見琉花，結果是在台灣最後一次見琉花，有種說不上來的感覺，好像是此生見琉花最後一面一樣。從那以後，琉花的影子無可阻止地在淡薄消失中，簡直像是變成落雨的積雲，無論多極力挽回，也已經崩散了。

在曼谷落地的時候，一瞬間有種踏入琉花所在的磁場，說不定可以感受琉花的波動的想像，然而什麼也沒有，只是窒悶的炎熱而已。

從曼谷坐飛機到普吉島，依照古菲信中的指示，坐島內的公車到南邊的拉瓦依海灘。到達約定的地點，爲了怕無法相認，我手上舉著寫了古菲名字的牌子。

大約三十分鐘，一個穿著灰色T恤和牛仔褲的男人走過來，看不出年紀，但應該不超過三十五歲吧！圓圓的臉，看起來既老實卻又精明的樣子，一頭自然的鬈髮，雖然有一雙明亮的眼睛，卻完全看不出來是不是可信賴的那種人。這人一靠近，沒說一句話，就慌慌張張地把我手上的紙板拿走，迅速地摺疊起來夾入腋下，好像要確認有沒有被什麼人看見似地四下張望。

「有什麼不妥嗎？」我問。

古菲沒說話，拉著我往海邊走去。

那裡有一艘馬達船等著。古菲帶我一上船，便向駕駛船的人示意出發。

行駛出島那邊的視線範圍，古菲便完全輕鬆的樣子，很有興味地吃起山竹來了，令人懷疑起方才那種不安的模樣並不曾發生。

「要不要來一點？很甜的呀！」古菲對我說。

我搖頭。

「你眞是笨呀，任何人走過來說，我就是古菲，就能帶走你，什麼時候被賣掉了都不知道。」古菲嘻嘻笑說。

被這麼一說，我還眞緊張了起來，萬一這個人眞的不是古菲？

「古菲先生？」我有點兒遲疑地說，「你眞的是古菲先生吧？」

古菲大笑起來，我看著古菲的臉，竟然也忍不住笑起來。一霎間覺得古菲的臉實在像小孩子的臉，也許被那樣子的人騙了也沒關係，如果可以開始另外一種人生的話。

瓔島可不比普吉或蘇美那樣的大島遍布大飯店，附近有適合潛水的地方，但乘船來此潛水的遊客卻很少在島上過夜，此處的海域不如珊瑚島那樣漂亮，倒是島上樹林的景致十分怡人。沿著沙灘有幾家旅店，背對樹林，感覺眞是妙不可言。五花八門的水上活動啦、熱鬧的藝品商店啦、人妖夜總會、大象表演，統統沒有，是想圖清靜的度假客鍾意的地方。

古菲受一位在曼谷作陶瓷生意的法國人所託，那法國人與前妻生的女兒要來島上度假，是前妻拜託他找一位偵探隨時報告女兒的行蹤。我想那女兒的母親肯定懷疑女兒不是無緣無故地要來島上度假，最可能的就是這女兒要跟什麼人見面，做母親的很反對吧！

住進旅館的時間已經是傍晚，古菲不知跑到哪裡去了，當然，他沒必要跟我交代他的行蹤，總之就是完全消失了蹤影。

晚上此地非常安靜，海邊小酒吧裡頭的喧鬧聲聽起來有一種遙遠的感覺。房間的正面對著海，後頭就是樹林，房間裡僅有一張床、一組藤製桌椅。除了蟲叫聲之外，還有許多人類的耳朵無法辨別是什麼東西發出來的聲音。我說的人類的耳朵無法辨別，倒不是指那是超乎人類感知範圍的聲音，只是人類的耳朵所熟悉的聲音，超過半數以上是非自然的人工聲音，而由自然界發出的聲音，只能認得極少的部分，即使在這個部分當中，絕大多數的人也無法區別其中細微的差異。事實上，耳朵聽到的這蟲叫聲，究竟是不是蟲叫？我也不確定。這些不知名的聲音裡，或許眞的混雜著某種理性難以解釋的東西，就這樣堂而皇之地竄進房間裡來，不是很不可思議嗎？

因爲這樣所以會恐懼夜晚，沒有光的地方眼睛看不見，總覺得不用眼睛來確定耳朵無法確定的東西就不能安心。如果連眼睛看到的也是心無法確定的東西，該怎麼辦？

像蟋蟀、螽斯那樣的蟲子，用手指就可以捏死；活過千年的樹木，也沒有人類的鋸子砍不斷的；赤手空拳敵不過的猛獸，陸上奔跑的也好，海裡游的，天空飛的，以獵槍、炸藥殺死都輕而易舉，所有有形的東西都可以被人類毀滅。可以毀滅的東西就不足畏懼。然而，反過來說，人也可以被某種不可見、不可聽、不可理解、無形的巨大，輕輕地，用一根手指便碾死。

被這樣的寂靜包圍著入睡，一開始因爲太過於困惑，輾轉反側都睡不著，沒想到什麼時候進入熟睡狀態，居然好睡得不得了，一覺到天亮才醒，連夢都沒有作。平常我睡得很淺，一夜要醒來數次，稍有些微細小的聲音都能驚醒，從來沒有無夢的夜晚。

早晨醒來時看看手錶，時間是八點，平日因爲上班的緣故，每天都是七點鐘起床，既然是度假（我竟然完全進入度假的狀態了），根本沒必要早起，這麼一想又繼續睡下去，再醒來的時候，已經十點多了。

不知道早餐是否仍有供應，走出房間，從沙灘那邊走來一個年輕的白人女子，大概是早上在那裡做日光浴，我和女子彼此相視而笑。

起得太晚了，太陽逐漸烈起來，上午是不適宜游泳了。

從椰子樹葉的間隙看過去的天空景致，一瞬間好像提醒了我什麼一樣。昨天晚上是有作夢的，然而一點也想不起來了，就像啪一聲千分之一秒的閃光，就算那光再強烈刺眼，也消失得太迅速了，迅速到令想要捕捉它的人感到狼狽的程度。

餐廳裡負責早餐的婦人並不介意再爲我弄一份烤吐司和培根煎蛋，手藝並不怎麼樣。

吃完早餐，在旅館附近隨意逛逛，竟然發現一家租書店，很小的一間店，裡頭的書少得可憐，仔細一看，各種不同語言的書都有，毫無分類地亂排在一起。我在當中發現了唯一的一本中文書，是傑克·倫敦的《野性的呼喚》，很老舊的版本，這才想到這些書有可能是來此地的觀光客留下來的。因爲本來看書就是我的工作之一，既然是度假，一點都沒有想到帶書來看，我並不想看《野性的呼喚》，但還是租了這本書。

走出租書店，發現外頭開著吉普車的古菲在向我招手。

既然來了，觀光的責任還是要盡，古菲說要擔任導遊，至少繞個一圈看看島上的景致。

「工作放著不管沒關係嗎？」我問。

「那個你不用擔心。」古菲說。

始終沒提到琉花的事。來找古菲，是爲了琉花，現在卻變成眞的來遊山玩水似的。爲什麼開不了口呢？古菲也知道我是爲了琉花來見他，然而兩個人都裝作沒有這件事，也或許，兩個人都等待著不知名的時機。

「這島不大，繞著邊緣開的話，不需要太久就可以回到原點了。」古菲說，「可是往裡面的山裡走的話，卻好像扭曲的次元一般不可思議的矛盾，怎麼說呢，就好像從外面看是三公尺立方的屋子，進到裡面卻發現是三百公尺立方的空間。」

「是心理上的因素吧？」

「等會兒就知道了。」

山路的坡度非常大，以路面崎嶇的程度看來，不像是經常有車輛通過的樣子。雖然豔陽高照，但顯然先前下過雨，路面仍有些許泥濘。

「不是四輪傳動的吉普車的話還上不去哩！」古菲咧開嘴笑說。

然而吉普車能行駛的部分也很快結束了，接下來只得下來走。方才在車上已經對感覺上簡直接近垂直的坡度感到不安了，實際上用腳走發現更是陡得驚人，馬上就喘不過氣來。古菲走得很快，基於不甘示弱的心理，我也悶不吭氣地往上爬，一下子便汗流浹背，衣服從裡到外都濕透了。

「還有多遠？」我問。

「早得很哩！」古菲很高興地說。

通常問引路的人還有多遠、還要多久的時候，對方都會以「快了！快了！」來打氣鼓勵，即使實際上是騙人的，古菲到底是老實還是惡作劇啊？雖然覺得一直問還有多遠顯得很沒出息，我還是起碼問了十來遍，每一次古菲都說還早。

爬這麼陡的坡路，路況又糟，岩石和樹根都造成前進的障礙，稍一歇息就和古菲的距離拉遠，只得加把速度趕上，結果比不停歇還辛苦。

「到了！」

古菲突如其來這麼說，我鼓起剩下的力氣往前跑，就這樣，我被眼前的景象震懾住了。

難以言喻，從來沒有見過的美麗風景。被熱帶樹林完美鋪蓋的山谷，無論是顏色的層次、視野所能及之處，將每個角落以無破綻的雕刻技術串聯出來的光滑形狀，藉由樹種本身的明度與大魄力的陰影彼此牽制錯覺呈現壓迫性的陽光，都恰到好處。

不可置信的完美造成的感情衝擊（總覺得看到的不僅是一幅風景圖畫而已，而是那背後的某種強大力量的炫耀），我感到暈眩。

「是不是有種說法呀，說山谷有令人想跳下去的衝動。」古菲說。

「有人從這裡跳下去過嗎？」我問。

「沒有，至少我從來沒有聽說過。」古菲說。

「這不是一個會令人想死的地方。」我說。

古菲點頭。「我也沒有感受到那樣的氣流。」

「什麼氣流？」

「就像把手放在火上，灼熱的感覺會讓人想把手抽回去，如果硬是逼自己繼續將手放在上面，想要縮回手的慾望也會持續不斷地加強，」古菲說，「把這倒過來想，把手從火上面抽回來的急迫感是人體本身阻止受傷的機制，一般人對疼痛難以忍受，會有無論如何想停止疼痛的念頭；相反的是想要傷害自己的衝動，因爲是和身體正常的機制背道而馳的心理狀態而有點難以想像，但是那種強大的驅使迫力是一樣的，只是倒過來運作。」

「你這麼說我可以理解，但是爲什麼呢？」

「據說在厄瓜多爾那裡有一個火山口，凡是造訪那裡的人，都會產生想跳下去的衝動。就算是生活幸福，對人生的一切沒有半點不滿意的，各方面都很順利，也有想一起生活、守護和珍視的心愛之人的，仍會鬼迷心竅一般被往下跳的慾望攫住。我沒到過那裡，據說當地人在山崖口的地上用紅漆畫了一條線，在線的這邊勉強算是安全啦，只要踏過線的那邊，就會進入無法控制心智的範圍。」

「眞有這種事？」

「傳說嘛！沒有去過誰知道呢，如果是我的話，要在那裡釘一條鍊鎖，把鐵鍊扣鎖在腰上，然後試試看跨過紅線，在安全裝置之下體驗想死的衝動，很有意思吧！會變成瘋狂受歡迎的觀光景點哪。」古菲說。

第二天早上我特意早起，想在八點以前游一會兒泳。

我的游泳技術，應該說在游泳池當中是一流的，高中時候我還是比賽選手呢！標準的自由式姿勢，無論是手臂或是腿部的擺動，都可以在最省力的狀態下達到最高速度，換氣的次數越多，反而耗氧越大，因爲長時間的心肺運動訓練使得肺活量比別人大，以減少換氣延長持續前進的時間，這些都只能在游泳池裡做到。我很怕水，很少在河流、湖泊或是大海中游泳，不是常說怕水的人不會溺水嗎？越是自負識水性、技術好，越是可能發生危險；我從不自恃身上有任何越人長處，不管那是用多少努力換來的成果，因爲我害怕，生命裡只要有一絲可以依附、憑藉、信任的東西，就會恐懼那被奪走。

沿著沙灘以腳步張開的幅度來計算，量出約略一百公尺的距離，以小木屋和椰子樹作爲記號，將靠近岸邊的水域假想成加寬的游泳池，當作集訓練習一般來回游著。雖然知道這樣的舉止很可笑，然而我的性格就是如此，不做冒險的事情，用一個龐大的安全網把自己包覆起來。

游完一千公尺停下來，不多也不少，打算回木屋去。

「你的游法眞是奇怪呢。」

是早上看到的那個做日光浴的女子，正在房間門口的甲板上看書，原來就住在我的隔壁。

「你游泳的樣子，一點都不像是在享受啊！」她說。

我尷尬地笑了笑，沒說話。

到餐廳裡吃了點東西，沒見古菲人影，決定乾脆看看書好了。我仿效隔壁那女人，也坐在門口甲板看書，那女人也仍坐在門口。就這樣，兩人各自坐在自己木屋的門口聊起來了。

女子的名字叫珍娜，父親是法國人，母親則是美國人。

仍在大學裡念心理學的珍娜，一個人來島上度假。

「我母親派了人在這裡監視我。」珍娜漫不經心地說。

我愣了一下，這麼說來，珍娜就是古菲說的那個女孩子囉！古菲知不知道珍娜已經發現有人在監視她了？

「爲什麼要監視你？」

「她一向如此，我已經習慣了。」珍娜聳聳肩，「她既然不能用繩子把我綁住，就讓籠子跟著我到處跑囉！」

我不知該說什麼。

「這個島啊，眞是太無聊了。」珍娜伸了伸懶腰說，「什麼驚人的事情也做不來嘛！」

「驚人的事情？」

「如果我做什麼事情她都想知道的話，不做點什麼她豈不是太無聊了？就好像打開電視卻發現沒有節目可看，未免掃興啊！」

晚上入睡時第一次想到母親。我出國前曾告訴她這裡打電話可能不方便，因此乾脆不打電話回去，請她不用擔心。

「如果我死了，你會很難過吧？」有一天我問母親。

「說不傷心是騙人的，但沒有那個必要啊。」母親正在翻譯一本關於電腦的書，從文稿堆中抬起頭，「你活著的時候，我可沒對不起你喔，沒有虧欠的話，也沒有理由難過。」

「說得眞自負。」

辦不到，那種自負我辦不到。

隔天珍娜說要去潛水，邀我也一起去。珍娜有潛水執照，我不行，我只會浮潛而已。

「不要緊，你等著吃新鮮的魚吧！」珍娜說。

珍娜是眞的穿著潛水衣，用魚槍去捕魚呢！好驚人！

最令人意外的是，古菲也來了，上次駕船的那位古菲的朋友用快艇載珍娜出海，我和古菲在岸邊準備好了炭火和鍋子，要以最快的速度烹飪新鮮魚湯。

並沒有花多少時間，珍娜就帶著戰利品凱旋歸來，令我打心底佩服。兩條很大的魚！我對魚無論是就海洋生物或是菜市場的層面來說，都毫無認識，到底是什麼魚，完全不知道，但是鮮美可口簡直生平僅見。古菲以俐落的刀法將其中一條處理成生魚片，另外一條則煮湯，是難以忘懷的人間美味。

將另外準備的蝦子、蛤蜊烤來吃，一面喝啤酒，心情非常好。

「古菲，你有宗教信仰嗎？」我問。

「我是天主教徒。」古菲說。

因爲父母是天主教徒，所以古菲也理所當然地受洗，不過，父母去世以後就不再上教堂了。「我對那種事情沒興趣，之前是沒辦法，全家人一起去的。」

「那麼卡莉呢？卡莉是什麼？」

古菲沒說話，有半晌我以爲他喝醉了。

「上帝不是叫亞伯拉罕殺了他的愛子來獻祭以表示忠誠嗎？說眞的，你不覺得太強人所難了一點？」古菲突然說，「後來祂讓天使來阻止亞伯拉罕，如果是卡莉的話，應該不會阻止他，卡莉不像是會說出『開玩笑，試試你的，不要當眞啦！』這種話的女人，我是說，女神啦！你想想看，神那麼偉大，要你活你就活，要你死你就死，如果祂心情好，你死了還可以活過來，所以我想以人類這麼笨的頭腦，怎麼都無法想像所謂的死亡在神的心目中是怎麼回事，也許覺得是一件很輕鬆尋常的事情吧！很多人最後死心，認爲神不存在，因爲如果眞的有神的話，爲何對於人間的不公、不義毫無反應呢？可是啊，悲慘的事情降臨在虔誠的人身上，越是不應該面對的無情待遇越是發生，我並不覺得太奇怪，與其說神令人敬畏之處是祂強大的超自然力量，不如說是祂給予你幸福的時候也不特別開心，奪走你最珍貴的也不覺得難過的冷淡心情。我所理解的神是如此。」

「你寄來的報告書，意思是指琉花被卡莉附身嗎？」

「誰能證明有附身這種事情？那是迷信啦！」古菲說。

「不是迷信。」珍娜突然開口。

我倒是非常驚訝，珍娜不是研究心理學嗎？應該對這種怪力亂神的說法嗤之以鼻吧？「研究科學的人並非就是腦筋轉不過彎，食古不化，只承認那淺薄的智識所能理解的狹窄部分的人啊！」珍娜不滿地說。

「對不起。我並無歧視科學家的意思。」

古菲將琉花的事情概略地說給珍娜聽。

「根據心理學家研究的結果，類似多重人格的案例裡頭，有些確實是人格分裂，但有些卻是自體附身，兩者並不一樣。有趣的是，多重人格的案例裡，發生在西方的大多是人格分裂的情形，但東方的人格分裂案例數量少得多，絕大多數卻是自體附身。」

「多重人格這種說法是很新鮮的玩意兒，靈魂附身的傳說卻歷史悠久了，因爲心理醫學的進步，把過去以爲是鬼附身的情形解釋爲多重人格，大家才發生『啊，原來是如此』的覺悟，沒想到到頭來還是神鬼附身哪？理性主義者心目中如果不存在神或者鬼，又怎麼區別是人格分裂還是鬼附身呢？」

「神、鬼，或是靈魂這種東西沒有被心理學家證明吧？只是發生附身的人，如果完全失去原有人格的特徵，卻能以另一個人的行爲、記憶、性格、語言等等運作，而這一個人被證明是確實曾經存在的，不但特質細節相符合，且知道這人非常私密的事情，很顯然就是附身了。」

啊？我大吃一驚。

如果附身這件事情眞的發生過，那到底是什麼東西呢？是什麼樣的存在呢？

珍娜早上仍舊到沙灘做日光浴。

游完泳上岸的時候，光溜溜地躺在那裡的珍娜要我也一起曬太陽。

「我很怕曬黑啦！」我說，「東方人都是想盡辦法變白呢！」

話雖如此，珍娜曬成古銅色的肌膚仍然很有吸引力，讓人忍不住有「也想有那樣性感的膚色」的想法。

雖然難爲情，但爲了不想讓珍娜恥笑，硬著頭皮也脫光了和珍娜一起趴在沙灘上享受日曬。

爲了打發時間，還回房間拿了《野性的呼喚》來看。

「你在看的是什麼書？」

「傑克・倫敦的《野性的呼喚》。」

「裡頭在講什麼？」

「一隻狗的故事。這隻狗歷經許多嚴酷的遭遇，終於在一個人身上找到情感和信任，結果那個人卻被殺了，狗爲那個人復仇以後，回歸原始山林，成了狼群的首領。」

「這麼說來，這隻狗很強壯囉！」

我點頭。「牠是一隻很大的狗。」

「不過，如果沒有不尋常的慘烈經歷，就不會變得那麼厲害吧？」珍娜說。

偶爾和珍娜一起做日光浴，也做了一次按摩，我的筋骨本來就較常人柔軟，沒有什麼特別的感覺，倒是珍娜痛得哇哇大叫。在島上吃的都是新鮮海鮮，我也十分喜歡酸辣的口味，泰國的酸辣與中國人的酸辣全然不同，我喜歡前者。我沒讓古菲再帶我去那個山谷，想把那當作聖地般特別的記憶保存。

度過悠閒的一個星期，雖然每天游泳，但是因爲吃得太好，還是胖了一圈。

珍娜仍要在島上停留幾天，我休假的日期結束了，古菲送我到普吉島的機場。

「珍娜知道在監視她的人就是你？」

「是誰都沒有差別，島上的人我幾乎都認識啊！」古菲蠻不在乎地說。

我哈哈大笑。

「不過，那個女孩也眞是麻煩，我既要盯著她，又必須保持距離，也是沒辦法的事情。」

「什麼意思？」

「她一直在勾引我。」古菲轉著眼珠子說。

「勾引你？」

「就是想跟我上床呀！不知道爲什麼，她認爲我如果跟她上床就會有罪惡感。」

「你不會嗎？」

「當然不會。」古菲理直氣壯地說。「她到底是怎麼想的？心理學念得太多會造成反效果吧？」

臨走之前，我忽然想起一件事。

「糟糕，忘記把書還給租書店了。」

我從背包裡取出《野性的呼喚》。「你替我還這本書吧！」我說。因爲沒有付押金，還是要還給租書店才好。

就在把書拿給古菲的瞬間，又如同遺失的夢境將隱喻以迅雷不及掩耳的速度放出強光一樣，模糊地覺悟了什麼。

「你在報告書裡提到的關於琉花的事情，只是你知道的琉花的很小一部分吧？」

「我知道的就那麼多。」古菲笑笑，「我只是一個私家偵探哪！而且，你應該明白的，同時是一個很懶散的男人。」

我望著古菲的笑容，心裡想著，說不定古菲做到了，沒有不滿的人生。

只要活著，現狀就是現狀，痛苦或者不義都一樣。

飛機升到巨大的鋪雲之上，只有直視那樣美麗的巨大，才能將綁住鉛塊一般沉重的腳舉起來向前走吧，不想落後於那樣的美麗太遙遠的距離，想要像那打擊不破的柔軟一樣強悍。

# 後記

這裡收錄的四篇小說，是九七年至二〇〇二年之間寫成的作品，將這幾篇作品放在一起，並不代表我在這些不同的寫作時間裡對小說的思考脈絡，只能呈現的是我在這些階段當中的某個瞬間點的想法。

〈上海迷宮行〉、〈女神〉、〈蝴蝶尖叫，割下耳朵〉都是發表過的小說，說來尷尬，發表的時候都因爲各種倉卒的理由，並非完整的作品，如今也只是稍做修改出版，〈蝴蝶尖叫，割下耳朵〉因爲是五、六年前的作品了，時間太久，便不做任何修改了。

〈究極無賴〉則是因爲好玩寫的。某次有人告訴我，因爲看了《人類不宜飛行》（那是我很早的作品了）這個長篇小說，便決定徹底地以無賴的面貌生存，我感到相當震撼，《人類不宜飛行》這本書雖然有種頹廢晦暗的氣氛，但因爲出自於某種不甘心的憤怒感（少年人才會有的吧）應該還是屬於積極面向的味道吧？寫〈究極無賴〉沒有特別的感情，任何不滿都沒有，是這樣的東西。

這四篇小說的風格極爲迥異，並列在一起也有一番趣味吧！

文學叢書 037

# 究極無賴

INK PUBLISHING


| | |
|---|---|
| 作者 | 成英姝 |
| 發行人 | 張書銘 |
| 社長 | 初安民 |
| 責任編輯 | 高慧瑩 |
| 美術編輯 | 張薰方 |
| 校對 | 高慧瑩　成英姝 |
| 出版 | INK印刻出版有限公司<br>台北縣中和市中正路800號13樓之3<br>電話：02-22281626<br>傳真：02-22281598<br>e-mail：ink.book@msa.hinet.net |
| 法律顧問 | 漢全國際法律事務所<br>林春金律師 |
| 總經銷 | 成陽出版股份有限公司<br>訂購電話：03-3589000<br>訂購傳真：03-3581688<br>http：//www.sudu.cc |
| 郵政劃撥 | 19000691　成陽出版股份有限公司 |
| 印刷 | 海王印刷事業股份有限公司 |
| 出版日期 | 2003年6月　初版 |
| 定價 | 200元 |

ISBN 986-7810-47-3

國家圖書館出版品預行編目資料

究極無賴／成英姝著. --初版，--
臺北縣中和市：
INK印刻，2003〔民92〕
面；　公分（文學叢書；37）

ISBN 986-7810-47-3(平裝)

857.63　　92007622